명상하는 엄마

아이와 함께하는
행복 명상법

전현자 지음

명상하는 엄마

담앤북스

행복을 바라는 분들께 바칩니다.

차례

1부

명	상	하	는		엄	마

2부

명	상	하	는		아	이	들

3부

| 명 | 상 | 하 | 는 | | 사 | 람 | 들 |

4부

명	상	하	는		당	신

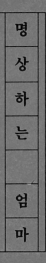

명
상
하
는

엄
마

1부

나는 누구일까요?

스무 살 무렵 크리슈나무르티의 『아는 것으로부터의 자유』와 라즈니쉬의 『마하무드라의 노래』 등을 읽고 진리의 길을 발견한 듯했고, 아주 조금이지만 의식변화까지 일어나 뿌듯했습니다. 하지만 책을 덮고 나면 삶은 늘 그대로여서 혼란스러웠습니다.

수행자가 되고자 미국에 가려 했으나 아버지의 반대로 뜻을 이루지 못했던 어느 날, 친구를 따라간 곳이 절이었습니다. "너는 너를 아느냐?"는 스님의 질문에 당황했지만, 책에서만 보던 글귀를 스님이 직접 물으신 것이 참 기뻤습니다. 대답을 못 하고 있던 저에게 스님은 차 한 잔을 주시며 "무엇을 보거나 듣거나 '이 뭐꼬' 하라."는 가르침을 주셨습니다.

참선이 무엇인지, 화두가 무엇인지 생소했지만 집에 와 앉아 보았습니다. 내가 누구인지는 이미 궁금했던지라 자신을 향한 '이 뭐꼬'는 할 수 있었습니다. 한참을 앉아 있다 피곤해서 누우니 천장이 보여 '이 뭐꼬' 했습니다. 천장은 천장인 것을 왜 '이 뭐꼬' 하라 하셨는지 알 수가 없었습니다. 다음 날이 밝자마자 스님께 갔습니다.

"스님! 천장은 천장인데 왜 천장을 보고 '이 뭐꼬' 해야 합니까?"

"천장을 보고 있는 이 사람이 누구인가, 천장을 보는 이 물건이 무엇인가를 참구(參究)하라는 말을 그렇게 알아들었구나. 보거나 듣거나 무엇을 하거나 그 본체가 무엇인지를 참구하라는 것이다."

"보고 듣는 것은 제가 아닌가요?"

"그럼 그 '나'라고 하는 것을 내놓아 보아라."

"이미 보고 듣는 것이 저라고 말씀드렸는데 또 무엇을 내놓으라는 것입니까?"

"내놓을 수 있을 때까지 참구해 보아라."

뭔가 알 것도 같은데, 알 수 없는 스님의 말씀으로 인해 수행의 길을 걷게 되었습니다.

나는 누구일까요?

네 이놈!

그날 이후 '이 뭐꼬' 화두를 참구했습니다. 답답한 마음에 선(禪)에 관한 책을 찾아 읽으니 어렴풋이나마 그 뜻을 알 것 같았고, 조금이나마 경계(境界)✦를 대하는 자유함도 생겼습니다. 그러나 이해한 것이 맞는지 알 수 없어 확인하고 싶었습니다.

마침 인천 용화사에 주석하고 계시는 송담 큰스님에 대해 듣게 되었습니다. 찾아가 법문을 들은 뒤 큰스님을 친견하기 위해 긴 줄에 섰습니다. 차례가 되어 큰방에 들어가 앉았는데 깊은 고요함이 느껴지더니 그 고요함에 압도되었습니다. 선에 관한 견해를 점검받고, 수행에 대한 의문들을 여쭈어 가르침 받기를 고대하며 왔는데, 질문들이 사라지고 생각도 사라져 고요함만이 실재하고 있었습니다. 시자(侍者) 스님이 큰스님 앞으로 갈 차례라고 안내해 주셨을 때에야 일상의 의식으로 돌아왔습니다. 스님께 삼배의 예를 올리고 앉았습니다. 스님께서 따뜻한 눈빛으로 물으셨습니다.

✦ 인식 대상

"어디서 왔는고?"

"물으시는 곳에서 왔습니다."

"네 이놈! 알음알이로 안 것을 깨달은 것으로 알면 안 된다."

그 순간, 따뜻하던 눈빛은 사라지고 한참을 매서운 눈빛으로 보셨습니다. 저는 꼼짝도 못 하고 있다가 삼배를 올리고 나왔습니다.

알음알이에 빠진 애송이 수행자에게도 기꺼이 추상 같은 가르침을 주신 큰스님!

수십 년의 세월이 흘렀지만 큰스님의 가르침은 잊지 않고 있습니다.

자네 말이 맞네!

제가 꽃을 키울 줄 안다는 말에 법정 스님께서 "불일암 뜰을 살펴 줄 수 있소?"라고 물으셨습니다.

"네, 살펴 드리겠습니다."

흔쾌히 답을 드린 뒤 불일암으로 향했습니다. 노을 질 무렵 도착한 터라 앞산에는 어둠이 드리우고 있었습니다. 차 마시러 스님 방으로 가는 길을 비추던 달은 뜰의 후박나무 가지에 걸려, 은빛 등으로 빛나고 있었습니다. 스님께서 우려내신 맑은 차를 마신 뒤 여쭈었습니다.

"스님! 아침 햇살이 비추는 곳과 낮에 해가 머물다 가는 곳을 알고 싶습니다. 꽃과 나무 그리고 채소밭이 불일암과 어떻게 어우러지고 있는지도 살펴보고 뜰 일을 시작해도 될까요?"

"그것 참 좋은 생각이네. 그렇게 하게나."

그로부터 예닐곱 날을 머무는 동안 스님께서 손수 소박하게 밥을 지으시고 목탁 소리로 때를 알려 주셨습니다. 어느 아침 공양을 하고 있을 때, 묵언 수행하듯 말씀이 없으시던 스님께서 "화두는 행주좌와 어묵동정(行住坐臥 語默動靜)✦ 간에 드는 것."이라는 가르침을 주셨습니다. 그 말씀을 듣자마자 "스님! 지금 밥 먹으면서도 화두 들면 안 되나요?"라고 말해 버렸습니다. 아차, 후회가 들었지만 스님께서는 조용히 숟가락을 내려놓으며 말씀하셨습니다.

"어이, 자네 말이 맞네!"

스님의 숙연한 표정과 어조에 저도 숟가락을 내려놓았고 깊은 침묵이 흘렀습니다. 아주 천천히 다시 숟가락을 들어 올리시는 스님을 따라 밥을 먹는데, 그때의 밥 먹는 것은 이전과는 너무도 다른 깨어남의 순간이었습니다.

어리고 어린 사람이 속절없이 한 말도 진리의 말씀으로 받아 주신 법정 스님!

얼마나 낮추어 사셨기에 그렇게 받아 주셨는지는 지금도 가늠이 되지 않습니다.

✦ 움직이고 머물고 앉고 눕고 말하고 침묵하고 행동하고 고요함

엄마

엄마가 된다는 것은 고귀한 사랑과 신비로움을 경험하는 일이었습니다. 하지만 미국이라는 낯선 나라에서 홀로 아이를 낳아야 한다는 사실에 걱정이 많았습니다. 태아를 위해 현실을 긍정적으로 받아들이며 매일 경전을 읽고 참선을 했습니다. 로키산 자락의 아름다운 풍광도 안정에 도움이 됐습니다.

경제적으로 어렵던 때라 임신 8개월쯤 진료를 받고서야 쌍둥이를 품고 있다는 사실을 알았습니다. 출산 직후, 가람이는 폐가 약해 산소탱크로 산소를 공급해야 했고 밤이면 심장이 멈추었다는 경고음이 자주 울렸습니다. 미숙아로 태어나 유축기로 젖을 짜 아주 작은 젖병으로 먹였습니다. 아이들이 동시에 배고파 울 때면 하늘이는 카시트에 반쯤 눕혀 먹이고, 가람이는 한쪽 팔에 안아 먹였습니다.

다행히도 가람이는 생후 1년쯤 되었을 때 산소탱크 없이 숨을 쉴 수 있었습니다. 잘 견뎌 준 가람이와 아픈 동생에게 늘 양보해야 했던 하늘이가 무척 고맙고 자랑스러웠습니다. 단 몇 시간만이라도 편히 잠을 자 봤으면, 하는 생각도 그때야 떠올랐습니다.

임신 사실을 안 순간부터 아이들을 낳아 키우는 것이 제 삶 자체라 믿어 왔음에도 쌍둥이를 키우는 일은 쉽지 않았습니다. 지친 몸이 마음에도 영향을 주어 짜증이 올라올 때면 아이들에게 미안하고 저자신에게도 부끄러웠지만, 그것은 현실이었습니다.

행복한 마음으로 아이들을 키우기 위해 수행하고 싶었고, 좋은 엄마가 되기 위해 수행하지 않을 수 없다는 생각이 들었습니다. 부처님의 가르침에 가장 가까운 수행법인 위빠사나(Vipassanā)는 미국에서 1970년대부터 알려져 있었습니다. 위빠사나명상을 조금 배워 집에서 가끔 시도해 보았습니다. 같이 놀아 주던 엄마가 가만히 앉아 있으니 신기한지 아이들도 옆에 앉았습니다. 하지만 곧 벌떡 일어나 엄마 등에 기대 고개를 갸우뚱거리며 제 얼굴을 이리저리 쳐다보기도 했습니다.

며칠 뒤에 "함께 앉아 보자." 말하니 잠시 앉아 있는가 싶더니 이내 누워 뒹굴뒹굴합니다. 또 며칠 지나서는 셋이서 손을 잡고 앉아 보았는데 조금 버티다 손을 스르르 빼더니 놀기 바빴습니다. 아이들이 좀 더 커서는 함께 명상센터에 다니게 되었고 그 후로 두 아이 모두 저에게 훌륭한 도반이 되어 주었습니다.

가족명상

아이들이 5살이 된 1995년 여름, 미국 매사추세츠주에 있는 위빠사나 명상센터 IMS(Insight Meditation Society, 통찰명상협회)의 가족명상 프로그램에 참가했습니다.

보스턴 공항에 내린 뒤 센터에 도착하니 아주 많은 가족이 와 있었습니다. 가족명상 프로그램은 5일간 진행되는 것으로, 도착한 날은 생활 안내를 받았습니다. 가족 모두가 센터의 일을 분담했는데 저는 별관의 화장실 청소를 맡았습니다. 이튿날부터 어른들은 명상하고 아이들은 선생님들과 함께 놀았습니다. 넓은 잔디밭에서 공을 차고 물놀이도 하며 즐겁게 노는 모습에서 미국 엄마들이 자주 했던 "아이들은 놀면서 큰다."는 말이 실감되었습니다.

1976년에 설립된 IMS는 호숫가 마을에 자리 잡고 있습니다. 채소밭에는 토마토와 상추, 각종 허브가 싱그럽게 자라고 있었습니다. 메리골드와 데이릴리 등이 피어난 아름다운 꽃밭을 아이들 손을 잡고 거닐며 행복한 시간을 보냈습니다.

어느 날 오후, 명상실에 가 보니 아이들 모두 반듯이 누워 있었습니다. 존 선생님이 다가와 귀엣말로 속삭였습니다.

"우리는 지금 '붓다 게임'을 하고 있어요. 누가 오랫동안 가만히 누워 있는지 알아보는 놀이예요. 처음엔 모두 진지하게 시작했는데 잠에 빠진 아이들도 있네요. 하늘이와 가람이는 아주 잘하고 있어요."

태어나 처음 와 본 명상센터에서 잘 지내는 아이들이 고마웠고 집에서 조금이라도 명상을 해 본 것이 도움이 되지 않았을까 생각해 보았습니다.

어느덧 마지막 날 밤, 모든 가족이 명상실에 모여 즐겁고 편하게 소감을 나누었습니다. 그리고 부모들이 기타와 플루트 등 악기를 연주하며 마지막 밤을 아름답게 장식했습니다.

10일 명상

불교를 알고부터 부처님의 수행법을 배우고 실천해 보기를 늘 바랐습니다. 그래서 이번에는 IMS의 10일 명상 프로그램에 참가했습니다. 250여 명의 참가자 중 동양인은 저 혼자였습니다.

참가자들은 인터뷰 시간 외에는 묵언하였고 프로그램은 위빠사나명상 7일, 자애명상 3일로 진행되었습니다. 아침 식사와 점심 식사는 채식으로 먹고 저녁 식사는 하지 않았습니다. 임산부나 건강상의 이유로 식사가 필요한 사람에게는 수프와 토스트 같은 간단한 음식이 제공되었습니다.

오전 7시부터 12시까지, 오후 1시부터 9시까지가 명상 시간이었는데 넓은 명상실임에도 250여 명이 앉으려니 서로의 무릎이 맞닿았습니다. 처음에는 옆 사람의 숨 쉬는 소리, 침 삼키는 소리가 신경 쓰였으나 알아차림의 대상이 되기 시작하면서부터는 편안해졌습니다.

그룹 인터뷰는 첫날부터 3일간 매일 1시간가량, 일상에서 경험한 일들을 이야기 나누는 방식으로 진행되었습니다. 스승이 먼저 자신의 일상을 말해 주었는데, 자신도 여러 일을 경험하며 수행으로 풀어 가고 있음을 진솔하게 이야기해 주었습니다. 수행자들도 직장이나 가족 관계에서 겪은 일들을 편하게 말했고 스승은 경청해 주었습니다. 심리적으로 불안정할 경우 명상이 잘 안 될 수 있는데 그룹 인터뷰를 통해 치유하는 효과를 이끌어 내는 것 같았습니다.

개인 인터뷰에서는 명상 경험을 말하거나 질문할 수 있었습니다. 며칠간 명상을 하니 알아차림이 이어지고 명확해지기 시작했습니다. 앉아 있을 때뿐만 아니라 밥 먹을 때 같은 일상생활에서도 알아차림이 이어졌습니다. 필요 없는 생각은 자주 떠오르지 않았고, 생각이 떠올라도 그 생각에 별로 영향을 받지 않은 채로 알아차릴 수 있었습니다.

그러던 어느 순간 몸이 안 느껴지고 오직 숨만 느껴졌습니다. 숨 쉬고 있었고 그 숨을 알아차렸습니다. 알아차림으로 현존했습니다. 이 체험은 무상(無常)에 대한 통찰지혜를 자각할 수 있도록 도와주었습니다.

명상중독

IMS에서 수행할 때입니다. 법문 시간에 스승께서 말씀하셨습니다.

"둘러보니 낯익은 얼굴들이 보이는데 계속 오는 사람들은 혹시 명상에 중독된 것 아닙니까?"

그 말에 웃는 사람들도 있었지만 곧 무거운 침묵이 흘렀습니다. 그러다 누군가 말했습니다.

"중독이라 해도 저는 계속 명상하러 올 것입니다. 부작용 없이 저를 가장 편안하게 해 주니까요."

그러자 스승은 다음과 같이 말했습니다.

"명상으로 마음이 편해진다니 좋습니다. 명상하면 마음이 편해지는 것은 물론 지혜를 터득하게 됩니다. 그 지혜는 삶에 적용되어야 하고 적용될 수밖에 없습니다. 그렇지 못하다면 원인을 찾아야 합니다. 물론 명상센터에서는 혼자 할 때보다 명상이 잘 될 수 있고, 도움 되는 부분이 많습니다. 그러나 혼자서도 할 수 있도록 힘을 키워야 하고 명상에서 생긴 지혜를 일상생활에 적용하는 것이 필요합니다. 삶이 힘들 때마다 '명상센터 가면 돼!'라고 마치 중독자처럼 생각하는 것은 문제입니다. 함께 명상하는 것이 필요하다면 언제나 환영하지만, 이번 명상으로 생활에서 실천할 수 있는 지혜를 체득하길 바라는 뜻으로 한 말입니다."

행복해도 더 행복하기

MBSR(Mindfulness-Based Stress Reduction)은 1979년 세계적인 명상가인 존 카밧진 박사(미국 매사추세츠대 의학부 명예교수)가 만든 명상법입니다. MBSR 프로그램의 전문가 과정이 6박 7일 일정으로 캘리포니아의 마운틴 마돈나 수행센터에서 열렸는데 세계 여러 나라에서 150여 명이 참석했습니다.

전문가 과정은 존 카밧진 박사와 사키 산토랠리 박사가 직접 지도했습니다. 저녁 식사 후에는 카밧진 박사의 지도로 매일 1시간씩 요가도 했습니다. 카밧진 박사와 함께 몇 번 식사할 기회가 있었는데, 어느 날 그에게 물었습니다.

"바디스캔명상을 할 때 누워서 하는 것이 좋았습니다. 어떻게 그런 생각을 하셨습니까?"

"누워서 명상하시는 부처님상(像)을 보고 깊은 감동을 받아 따라하게 되었습니다."

프로그램 중 또 다른 유익했던 점은 명상 중의 멘트였습니다. 초

보자는 알아차림을 놓치고 다른 생각에 빠지는 경우가 많은데, 안내 멘트를 들으면 알아차림을 유지하기가 쉽기 때문입니다. 저녁마다 명상에 관한 설명과 질의응답 시간이 있었습니다. 3일째 저녁, 네덜란드에서 온 젊은이의 질문이 흥미로웠습니다.

"왜 명상을 해야 하는지 모르겠습니다. 행복하기 위해서라면 저는 불행해 본 적이 없습니다. 이미 행복하기에 행복을 바란다는 것이 마음에 와닿지 않습니다. 그래서 명상이 잘 안 되니 집으로 돌아가야 할 것 같습니다."

그러자 카밧진 박사는 "그러면 가도 좋습니다."라고 대답했습니다. 그렇지만 그 젊은이는 마지막 날까지 프로그램에 참여했습니다. 행복해도 더 행복할 방법을 명상에서 찾은 것 아닐까 짐작해 보았습니다.

명상은 행복하게 하며 더 행복하게 합니다.

괴로움을 줄어들게 하며 사라지게 합니다.

고엔카센터

아이들이 대학교에 입학하기 전, 시카고의 고엔카센터에서 명상 했습니다. 그다음 해 여름 방학에는 제가 휴가를 내서 함께 매사추세츠 고엔카센터에 갔습니다. 아이들은 자원봉사 하며 시간 날 때 명상하는 조건으로 참가했습니다.

고엔카센터는 전 세계에 230여 개가 있습니다. 명상 프로그램은 묵언으로 진행되었고 호흡명상, 몸의 감각 알아차림, 자애명상으로 구성되었습니다. 매일 1시간 정도 고엔카지의 동영상 법문을 들었는데 아니짜[무상(無常)]와 아나따[(무아無我)]에 대한 간절한 가르침이 마음에 깊이 와닿았습니다.

처음 3일간은 아나빠나사띠(Anapanasati)✦ 방식의 호흡명상을 했는데 알아차림이 잘되지 않았습니다. 호흡명상은 처음인 데다 몇 년에 한 번 집중 수행을 하니 잘 안 되는 것도 당연하다 이해했습니다. 그러자 마음이 편안해졌고, 편한 만큼 호흡을 알아차리게 되었습니

✦ 들숨 날숨을 알아차리는 명상법

다. 명상할 때 알아차림을 놓치게 되는 이유 중 하나는 생각들 때문입니다. 점심 식사로 먹은 샐러드가 맛있었다, 같은 사소한 생각이 떠오를 때는 알아차림으로의 전환이 쉽게 될 수 있습니다. 그러나 괴로운 감정을 동반한 생각이 떠오르면 알아차림을 유지하기가 어렵고 놓쳤을 때 전환도 어렵습니다.

저도 어느 순간 과거 어려웠던 일이 떠올라 한참을 헤맸습니다. 그러다 아이들이 하루에 몇 시간씩 땀 흘리며 부엌일을 돕고 있다는 데 생각이 미치자 정신이 번쩍 들었습니다. 명상 시작 전 아이들을 떠올리며 마음을 다잡은 다음 호흡을 알아차리고, 알아차렸습니다. 4일째는 몸의 감각을 알아차리는 명상이었는데 이미 해 보았던 것인 데다 앞서 했던 호흡명상으로 알아차림이 더 잘되었습니다. 7일째부터 마지막 3일간은 자애명상을 했습니다. 사랑하는 사람에게 자애를 보낼 때는 마음 가득한 고마움으로 아이들에게 자애를 보내니 명상이 아주 잘 되었습니다. 마지막 날인 11일째에는 묵언을 풀 수 있었는데 한 여성이 다가와 말했습니다.

"내 인생에 명상은 처음이었어요. 그래서인지 명상이 너무 어렵게 느껴졌어요. 집이 근처라 언제고 마음만 먹으면 그만두고 돌아갈 수 있었어요. 사실은 거의 매시간 집으로 가고 싶었지요. 그럴 때마다 내 앞에 바위처럼 앉아 있는 당신을 보고 오늘까지 버틸 수 있었어요. 정말 고마워요."

눈물을 글썽이며 온몸으로 저를 안아 주었습니다. 그녀의 품에 안긴 채, 고마워하는 그녀를 고마워했습니다.

빤디따라마 명상센터

명상할 때는 기쁨과 행복도 알아차립니다. 모든 것을 알아차리기 위해서입니다. 잘 자라 주는 아이들은 늘 행복을 느끼게 해 주었습니다. 보람된 일이나 소소한 일들에서도 행복을 느끼는데, 그 행복과 기쁨을 알아차리면 들뜸이나 흥분은 가라앉고 평온함이 느껴졌습니다. 알아차림은 감정을 무감각하게 하거나 무덤덤하게 하는 것이 아니라 순화해 주기 때문입니다.

명상은 감정을 억압하거나 억제하는 것이 아니므로 기쁨, 즐거움, 감격, 행복 등 좋은 감정을 느낄 때 그 느낌을 알아차리면 됩니다. 그러나 좋은 느낌이라도 그 느낌에 빠져 버리면 알아차림을 놓치게 됩니다.

빤디따라마 명상센터는 무척 아름다운 곳이어서 며칠 동안은 알아차림을 자주 놓쳤습니다. 연못에 피어난 수련들을 보거나 재스민 꽃 향기가 스칠 때, 이른 아침 호수에 피어나는 물안개를 보는 순간 아름다움에 빠져 버렸습니다. 알아차림을 놓친 것을 알자마자 의식을 몸으로 옮겨 가 몸의 감각을 알아차렸습니다.

빤디따라마는 4념처(몸, 느낌, 마음, 법) 수행 중 '몸 알아차림'을 위주로 하는 곳입니다. 명상 자세는 크게 3가지로 나뉩니다. 앉아서 하는 명상에서는 배의 부르고 꺼짐을 알아차리고, 걷기명상에서는 걸으려는 의도를 포함해 발을 들고, 밀고, 바닥에 닿고 누르는 것을 알아차립니다. 생활명상에서는 일상의 모든 동작에서 나타나는 감각을 알아차립니다. 예를 들면 모기에 물렸을 때 생기는 감각, 즉 따끔함과 가려움을 알아차렸습니다. 3분 정도면 가려움이 다 사라짐도 알게 되었고 몸에서 일어나는 어떤 현상도 경험되다 사라지는 것임을 자각했습니다. 알아차림을 통해 현존하게 되었고 기쁨과 행복이 느껴졌습니다. 그 기쁨과 행복을 알아차리니 평온함이 느껴졌습니다.

간절한 화두

선(禪)에 관한 생각은 접어놓고 살았습니다. 화두를 타파해 깨달음을 이루는 것이 중요하고, 화두를 들면 마음이 편해지고 필요 없는 생각이 덜 떠오르는 것도 분명했지만, 별 진전 없이 세월만 흘렀습니다. 삶이 버거울 때가 많았기 때문이었습니다.

그런데 삶이 어려울수록 '나는 누구인가.' 즉, '이 뭐꼬'가 사무치는 것도 사실이었습니다. 그러다 참담한 일을 마주하게 되었습니다. 떠오르는 생각과 느낌이 괴로웠고, 그것들에 휘둘린다는 것이 더 견디기 어려웠습니다. 작정하고 앉아 '이 뭐꼬' 화두를 참구했습니다. 괴로워하는 감정을 끊어 내고야 말겠다고 각오하니 몇 분 정도는 화두가 제법 들렸습니다. 하지만 어느 틈에 화두를 놓치고 감정에 휘둘리는 꼴이 서글펐습니다. 그때마다 마음을 다잡고 화두를 들었습니다. 화두를 들고 또 들었습니다.

어느 순간 화두가 들리기 시작하더니 의식은 화두뿐이었고 온몸이 화두 덩어리가 된 것 같았습니다. 아침 햇살이 창에 빛날 때, 떠오르던 괴로움은 사라지고 화두가 저절로 들리고 있었습니다. 경계가 사라져 버린 마음은 평온했고 몸은 가벼워 떠 있는 듯 걷게 되었으며 배고픔도 거의 느껴지지 않았습니다.

무엇보다 다른 사람에 대한 이해와 받아들임이 노력 없이 되었습니다. '용서해야 한다.'는 것은 누군가 잘못했다는 판단이 전제된 상태에서 생겨납니다. 지극히 평온한 상태에서는 상대방의 삶을 판단하려는 생각이 사라져 용서할 것이 없었습니다. 그 사람을 그 사람 자체로 받아들이게 되었을 뿐만 아니라 그 사람이 행복하기를 바라게 되었습니다. 평온한 상태의 생활이 한동안 지속되다 약해졌지만 마음 상태에 따라 원망스러운 사람도 사랑할 수 있다는 것을 깨닫게 되었습니다.

마음을 보다

쉐우민 명상센터는 4념처(몸, 느낌, 마음, 법) 중 '마음 알아차림'을 위주로 명상하는 곳입니다. 이곳의 우 떼자니아 사야도(Sayadaw)✦께서는 마음의 작용과 현상을 바르게 이해하도록 가르쳐 주셨습니다. 그리고 마음 알아차림으로 생긴 지혜를 일상에 적용하는 방법들을 일러 주셨습니다. 예를 들면, 외국에서 온 수행자들에게 매일 아침 1시간 동안 인터넷 사용을 허락해 주었는데 그 이유를 사야도께서는 이렇게 말씀하셨습니다.

"수행은 삶의 단절을 의미하는 것이 아닙니다. 그러므로 수행한다는 이유로 해야 할 관계를 억지로 끊을 필요는 없습니다. 보세요! 일시적으로라도 집에서의 관계를 끊고 이곳에 왔는데 이곳에서도 다른 상황의 관계들이 생기고 있습니다. 오기 전 일들을 잘 갈무리하고 왔겠지만 필요한 상황이 생기면 연락을 주고받으시기 바랍니다. 가족이나 직장에 예기치 못한 일이 생길 수도 있으니까요. 다만, 가

✦ 큰스님

족이나 직장에 연락하기 전 의도를 알아차리는 것을 잊지 마시기 바랍니다. 소통하는 과정에서 일어나는 생각, 느낌, 판단을 알아차리고 소통 뒤에 걱정이나 안도감이 생겼다면 그 또한 알아차립니다. 수행은 마음에 일어나는 탐, 진, 치가 어떻게 작용하는지 알아차리는 것입니다. 명상센터에서는 바쁘고 치열한 삶의 현장보다는 알아차림이 잘 되므로 이 기회를 잘 사용하길 바랍니다. 여러분들은 비행기를 타고 미얀마까지 와 수행하고 있습니다. 그러므로 수행의 지혜를 일상에 적용하여 자유롭고 행복하게 살 수 있도록 마음을 알아차리기 바랍니다."

매일 아침 개인 인터뷰가 가능하고 그룹 인터뷰는 일주일에 한 번 정도 진행되었습니다. 개인 인터뷰에서는 자신의 명상 경험을 보고해 점검받고, 수행에 관해 궁금한 점들을 여쭙고 지도받을 수 있었습니다. 그룹 인터뷰는 수행자들이 사용하는 언어에 따라 이루어졌습니다. 다른 사람의 명상 경험이나 질문을 통해 자신의 수행을 비춰볼 수 있었습니다. 그리고 사야도께서는 당신의 출가 전 어려웠던 경험도 수행자들에게 필요하다고 판단될 때면 스스럼없이 말해 주며 용기를 북돋아 주셨습니다. 그러한 사야도께 존경심과 감사를 느끼지 않을 수 없었습니다.

선정수행

파욱 사야도는 위빠사나명상을 현대화한 마하시 사야도의 제자로, 사마타 위빠사나 수행의 큰 스승이십니다. 파욱센터는 태국, 싱가포르, 미국 등 세계 여러 나라에 있습니다. 그중 미얀마의 몰라민 센터에는 늘 1,200명 이상의 수행자들이 머무는데 제가 도착했을 때는 1,500명 정도가 머물러 빈방이 없었습니다. 저는 베트남 비구니 스님 두 분이 쓰는 방으로 배정받아 두 침대 사이의 좁은 바닥에 누워 잤습니다. 새벽부터 밤까지 명상할 수 있고 누울 곳이 있다는 것만으로도 감사했습니다.

파욱 사야도는 부처님께서 하셨던 방식을 따라 선정 수행을 먼저 하고, 위빠사나 수행을 하도록 가르칩니다. 선정 수행의 첫 단계는 들숨 날숨을 알아차리는 아나빠나사띠로, 숨 쉴 때 윗입술 위쪽에서 코 아래 사이의 지점에 주의를 두어 알아차립니다.

어느 날 명상실에서 숙소로 돌아가는 길에 두꺼운 커튼이 쳐진 창문을 보았습니다. 깊은 선정에 든 수행자를 위해 그렇게 한 것이었습니다. 그 수행자가 한국 비구니 스님이셨다는 것을 나중에 알게 되었습니다. 스님은 방에서 나오지 않고 공양도 점심 한 끼만 방 앞에 가져다 놓은 것을 드셨다고 합니다. 선정 수행 단계를 완성한 다음 방 밖으로 나오신 스님은 기가 막힌다는 표정으로 말씀하셨습니다.

"전생들을 봤어요. 전생들을 보니 안 한 짓이 없더라고요!"

이 순간도 몸으로, 입으로, 마음으로 업을 지으며 살고 있습니다. 어떤 업을 짓고 있는지 알아차려 봅니다. 그리고 '깨달음을 이루어 번뇌를 완전히 소멸한 성자는 더 이상 업을 짓지 않는 삶을 산다.'는 경전 구절도 떠올려 봅니다.

괴로움을 끝까지 보다

괴로운 감정을 있는 그대로 알아차리는 것은 쉽지 않습니다. 수행에 들어가기 전, 괴로움의 실체를 분명히 알아내리라 다짐했습니다. 그러나 강한 괴로움을 알아차리는 것은 너무 어려워 번번이 괴로움에 빠져 버렸습니다. 그러면 가슴이 답답하고 숨이 가빠졌는데 그럴수록 알아차려야 했습니다. 이 괴로움의 정체가 무엇인지 알아내야만 했습니다.

알아차림을 계속했더니 괴로운 느낌을 어느 정도 마주할 수 있었습니다. 어두운 곳에 빛을 비추면 밝아지듯 마음도 밝아져서 답답하던 가슴이 편해졌지만, 괴로움을 끝까지 마주하지는 못했습니다. 그래서 알아차리고, 알아차렸습니다. 알아차림이 이어지다 드디어 괴로움과 거의 정면으로 마주했을 때, 알아차림을 놓치지 않고 알아차리니 자신감이 생기고 평온함이 느껴지기 시작했습니다.

법당에서의 저녁 명상 시간이 끝난 후 방으로 돌아와 침대에 자리 잡고 앉았습니다. 괴로움과 완전히 마주할 때까지 자리에서 일어나지 않으리라 마음먹고 알아차림을 했습니다. 얼마 지나지 않아 괴로움이 느껴질 때마다 바로바로 볼 수 있었습니다. 드디어 괴로움의 끝을 보았는데 괴로움이 없었습니다. 그렇게나 괴롭던, 사라질 것 같지 않던 괴로움이 없었습니다. 괴로움은 어디로 갔을까요? 괴로움은 본래 실재하지 않았다는 것을 깨달았습니다. 생길 조건이 되면 생기고, 사라질 조건이 되면 사라지는 마음의 현상일 뿐이었습니다. 즉, 알아차림으로 괴로움이 사라질 조건이 되자 괴로움은 사라지고, 알아차림으로 평온할 조건이 되자 평온이 나타난 것입니다. 고통에서 벗어나는 방법을 체득하고 가르쳐 주신 부처님께 한없는 존경심이 우러났습니다.

새벽 명상 시작을 알리는 목탁 소리에 일어나 명상실로 가는 길에도 마음이 평온하니 알아차림의 대상도 고요와 평온이었습니다. 그리고 알아차림이 이어지니 알아차림의 대상이 알아차림이기도 했습니다. 아침에 사야도께 수행 보고를 드렸더니 "잘했습니다. 그러나 방심하지 마십시오. 며칠 내로 또 그 괴로움이 나타날 것입니다. 오래된 것이거나 강한 괴로움은 쉽게 사라지지 않습니다. 어떤 원인에 의해서든 나타날 조건만 되면 또 나타날 것입니다."라고 말씀해 주셨습니다.

3일 정도는 마음이 매우 평온했고 모든 것이 사랑스럽게 느껴졌으며 몸도 가벼웠습니다. 4일째 되던 날 괴로운 느낌이 다시 떠올랐습니다. 그러나 괴로움을 알아차리는 것이 어렵지 않았고, 괴로운 느낌도 약해져 있었습니다. 그 경험 뒤에도 어려운 상황이 되면 어려운 느낌에 빠지게 될 때가 있지만, 알아차림을 하면서 전보다는 더 평온한 삶을 살게 되었습니다. 괴로움을 소멸하는 방법을 가르쳐 주신 부처님과 수행의 모든 스승들께 존경과 감사의 마음으로 살아가고 있습니다.

100대 맞아야겠네!

존 카밧진 박사가 한국을 방문했을 때입니다. 그는 여러 사람과 함께 봉암사를 참배했습니다. 일주문을 지나자 희양산 산꼭대기 바위가 위용을 드러냈습니다. 카밧진 박사는 꼼짝 않고 서서 바위를 바라보다 말했습니다.

"친구 중 몇 사람이 한국에서 출가해 스님이 되었고, 그중 한 스님이 낸 책의 표지에 저 바위가 있어서 꼭 한번 와 보고 싶었습니다."

카밧진 박사의 목소리는 감동에 젖어 있었습니다. 다음 날 봉암사 수좌 적명 스님과 카밧진 박사가 만나는 자리에 제가 통역을 맡게 되었습니다. 한국의 대선사와 세계적 명상가의 만남! 두 분은 처음 만났음에도 편안하고 유쾌하게 대화를 주고받았습니다. 대화가 끝난 후 시간이 남아 제가 수좌 스님께 간화선 수행에 대해 여쭈었습니다.

"스님! 어제저녁 법문 중에 '간화선은 집중하는 수행.'이라고 하신 것으로 기억합니다. '코카콜라, 코카콜라'라고 집중해도 깨달을 수 있습니까? 그렇다면 알 수 없는, 이치에 맞지도 않는 것 같은 화두를 왜 참구해야 합니까?"

그러자 스님께서 말씀하셨습니다.

"그래, 그럼 어디 한번 일러 봐라."

그 말씀에 저는 일어나 절하고 앉았습니다. 그러자 스님께서는 허허 웃으시며 말씀하셨습니다.

"100대 맞아야겠네!"

스님의 방에 있던 대나무 막대기를 어떻게 발견했는지 카밧진 박사가 "아! 저기 막대기가 있네요. 어서 때리세요!"라며 재촉했습니다. 그러곤 호기심 어린 눈으로 스님과 저를 번갈아 보았습니다. 수좌 스님께서는 미소 지으시며 꼿꼿이 앉아만 계셨습니다.

왜 100대 맞아야 할까요?

몸사랑명상

서울대학병원 암 병동에서 명상 안내를 요청했습니다. 종교단체의 호스피스 담당자들을 위한 것이었습니다. 수간호사의 배려로 암 병동을 미리 방문해 볼 수 있었습니다. 환자와 가족은 물론 돌보는 모든 이들이 환자의 완치를 간절히 바라고 있었습니다. 그 간절함에 가슴이 먹먹해 호스피스 담당자들을 위한 명상을 어떻게 구성해야 할지 깊이 생각하지 않을 수 없었습니다.

그래서 만든 것이 '몸사랑명상'입니다. 몸을 사랑하는 것은 어떤 종교를 믿든, 종교를 믿지 않든 누구나 할 수 있습니다. 사랑의 마음을 몸에 보내기만 하면 되는 것이기 때문입니다.

'몸사랑명상'은 이렇게 진행됩니다.

몸에 사랑을 보내기 위해 먼저 편안히 앉거나 눕습니다.

긴장을 풀고 눈을 감습니다.

숨을 깊이 들이쉬고 내쉽니다.

들이쉬고 내쉬고, 들이쉬고 내쉽니다.

몸! 몸이 살아 있음을 느껴 봅니다.

몸의 소중함과 고마움, 그리고 사랑스러운 면을 느껴 봅니다.

느껴진 사랑의 마음을 온몸에 보냅니다.

심장이 있는 가슴으로부터 머리까지 사랑을 보냅니다.

두 손끝까지 사랑을 보내고, 두 발끝까지 사랑을 보냅니다.

사랑하는 사람을 볼 수 있는 눈, 음식을 먹을 수 있는 입 그리고 생각할 수 있게 하는 뇌를 포함해 머리 전체에 사랑을 보냅니다.

심장과 폐, 위와 간 등 모든 내장 기관에 사랑을 보냅니다.

목과 등, 허리, 골반까지 몸통 전체에 사랑을 보냅니다.

오른쪽 어깨부터 손에 사랑을 보내고 왼쪽 어깨부터 손에 사랑을 보냅니다.

오른쪽 허벅지부터 발에 사랑을 보내고 왼쪽 허벅지부터 발에 사랑을 보냅니다.

몸이 건강하고 안전하기를 바라며 온몸에 정성 어린 사랑을 보냅니다.

아프거나 불편한 부위는 가엾게 여기는 마음으로 어루만져 줍니다.

그리고 고통에서 벗어나기를, 어서 낫기를 바라며, 간절한 마음으로 사랑을 보냅니다.

스스로 명상하기 어려운 분에게는 대신 명상 문구를 읽어 주며 안내할 수 있습니다. 상대가 원할 경우에는 손을 얹거나 맞잡고 하는 것도 좋습니다. 진정 어린 마음으로 사랑을 보내는 것은 누구에게나, 언제나 중요합니다.

세상의 모든 아픈 분들의 쾌유를 진정으로 바라며 사랑을 보냅니다.

모두가 건강하고 안전하기를 바라며 사랑을 보냅니다.

멈춤이

심리적으로 어려움을 겪고 있는 청년을 상담하기 위해 일주일에 한 번 그의 집으로 찾아갔습니다. 그 집 마당에는 '멈춤이'라 불리는 털북숭이 큰 개가 있었는데 아주 순하고 종일 앉아만 있다고 했습니다. 그 말을 듣고 라마나 마하리쉬의 책 『나는 누구인가』에서 '어떤 동물은 영적 향상을 도모한다.'는 구절이 기억났습니다. 자애명상을 할 때 동물들에게도 안전하기를 바라며 사랑을 보냈던 기억도 떠올랐습니다.

하지만 멈춤이를 볼 때마다 어릴 때 큰 개에 물렸던 기억과 어른이 된 뒤 개에 물려 병원까지 갔던 일이 떠올랐습니다. 아직 그때의 두려움이 남았는지 멈춤이가 안전지대에 있어야 집 안으로 들어갈 수 있었습니다.

그해 겨울, 미얀마 빤디따라마 명상센터에서 한 달간 집중명상을 했는데 대상들이 잘 알아차려졌습니다. 명료한 알아차림이 지속된 뒤 나타난 마음 상태는 어떤 대상이 나타나도 쉽게 흔들리지 않을 깊은 평온함이었습니다. 마치 거울처럼 대상을 비추기만 하는 것 같은 마음 상태였습니다.

집중명상이 끝나고 한국에 돌아와 청년의 집에 상담을 가려 할 때 청년이 "날씨가 너무 추워 멈춤이를 집 안에 들여놔도 될까요?"라고 물었습니다. 저는 당연하다는 듯 그렇게 하라고 답했습니다. 청년의 집으로 들어가자 거실에 앉아 있던 멈춤이가 왔다 갔다 하더니 제 곁에 와 섰습니다. 상담을 계속하던 중 갑자기 청년이 말했습니다.

"와! 놀라워요. 정말 놀라워요."

저는 무엇이 놀랍다는 것인지 의아했습니다.

"깜빡 잊고 멈춤이를 매어 두지 않았는데 멈춤이가 선생님 곁에 있어도 두려워하지 않으시잖아요."

저는 그제야 "아, 그러네." 하며 곁에 있던 멈춤이를 쓰다듬었습니다.

오, 다람살라여!

 인도는 꼭 가 보고 싶던 나라였습니다. 부처님께서 깨달음을 이루신 곳이자 달라이 라마 존자님이 살고 계신 나라이기 때문입니다.

 인연이 닿아 인도에 갔을 때, 부처님께서 깨달음을 이루신 보드가야의 보리수 아래서 명상을 했습니다. 그리고 첫 설법을 하신 초전법륜지를 거쳐 다람살라로 향했습니다. 달라이 라마 존자님은 법회에서 『입보리행론』을 설하셨습니다. 『입보리행론』은 7세기 인도 불교학자 샨띠데바가 쓴 책으로 보리심(菩提心)✦에 대해 논하는 내용입니다. 며칠에 걸쳐 설하신 법문 중 "괴로움은 내가 없음에도 '있다'는 무지(無知)에서 비롯됨을 알아야 한다."는 가르침이 마음 깊이 와닿았습니다.

 법회에는 3,500명 이상이 참석했기에 이른 아침부터 길게 줄을 서서 기다린 후에야 법당에 들어갈 수 있었고, 여러 나라에서 온 사람들은 동시통역기를 통해 존자님의 법문을 들었습니다. 법문이 끝

✦ 깨달음을 구하려는 마음

나면 존자님은 숙소로 돌아가셨습니다. 넓은 법회장에는 사람들이 지나다닐 수 있는 통로가 여러 개 있었는데 존자님은 그 통로를 바꾸어 가며 지나가셨습니다. 조금이라도 존자님을 가까이서 뵙고자 하는 사람들을 위하시는 자비심이 느껴졌습니다.

저 역시 조금이라도 가까이서 뵙고 싶었는데 마침 제가 있던 통로로 존자님이 오고 계시는 것이 보였습니다. 그것을 알게 된 사람들은 까치발을 하고 팔을 최대한 뻗었습니다. 존자님이 사람들의 손을 잡아 주셨기 때문입니다. 아직 가까이 오지도 않으셨는데 제 등 뒤의 사람들이 몸을 통로 쪽으로 기울이느라 미는 힘이 느껴졌습니다. '얼마나 존자님의 손을 만져 보고 싶으면 저럴까? 내가 포기하면 누군가에게 기회가 갈 수 있겠지.' 하는 마음에 자리에 앉았습니다.

그런데 어떻게 이런 일이! 존자님이 아예 걸음을 멈추고 몇 마디 말씀과 함께 제 머리에 손을 얹으시고 축복을 해 주시는 것이었습니다. 축복의 기쁨을 온몸으로 느끼며 존자님의 가르침을 떠올렸습니다. 축복을 '내가 받았다.'는 것에 머무는 것이 아니라 경험적 현상임을 알아차리려 했습니다.

밥 한 그릇에 종교를 팔라고요?

미국 교포들을 위한 불교 잡지의 기자로 일하고 있습니다. 훌륭한 스님과 불자들을 만나 인터뷰하는 보람된 일입니다.

원경 스님께서는 서울 탑골공원 근처 원각사에서 어르신들을 위한 무료급식소를 운영하십니다. 작은 건물에 세를 얻어 8년째 하루도 거르지 않고 어르신들께 공양을 올리십니다. 스님께도 감동했지만 공양을 준비할 봉사자들이 이미 1년 가까이 예약되어 있다는 사실도 감동이었습니다.

매일 300여 명의 어르신이 줄을 서서 기다리다 따뜻한 밥 한 그릇을 드십니다. 스님은 어르신들이 공양 드시는 모습을 세심하게 살피셨습니다. 공양이 끝난 후 스님과 인터뷰를 했습니다.

"스님! 합장하는 정도의 간단한 식사의 예도 권하지 않고 편히 드시게 하니, 스님의 깊은 뜻이 느껴졌습니다."

"밥 한 그릇 드시는데 무엇을 더 바랄까요? 밥 한 그릇에 종교를 팔까요? 불교를 믿지 않는 어르신들이 얼마나 많은데요. 맛있게 드

셔 주시는 것만으로도 진심으로 감사합니다. 그러니 기도는 어르신

들이 건강하시길 바라는 마음으로 제가 해야지요!"

행자가 되다

출가는 수행하기에 가장 적합한 삶의 방식이라 생각해 왔습니다. 아이들이 커서 독립하니 수행을 중심에 둔 삶을 살고 싶었습니다. 그래서 나이 많은 이도 출가자로 받아 주고, 그동안 해 오던 수행 전통과 비슷한 곳을 찾다 캘리포니아에 있는 절에 연락했습니다. 이메일로 이뤄진 서류심사에서는 '왜 출가하려는가?' 등 몇 가지 질문이 오갔습니다. 서류심사에 합격하면 절에서 10개월에서 1년 정도 행자로 산 뒤 스님들과 행자의 합의로 출가가 이뤄진다고 했습니다.

행자 생활은 새벽 5시에 예불과 짧은 명상을 하고, 저녁에 1시간 명상을 했습니다. 명상 시간이 짧은 것이 매우 아쉬웠으나 아침마다 경전을 함께 읽는 것은 참 좋았습니다. 부주지인 소바나 스님께서 부연설명을 해 주신 다음 질문하고 토론도 했습니다. 일상생활과 수행 경험을 나누고 어려움이 있을 때는 흔연히 도움을 주며 사는 모습이 아름다웠습니다.

공양 준비는 사미니계를 받지 않았으나 삭발한 수행자와 행자가 순서를 정해서 했고, 12시 이후로는 음식을 먹지 않았습니다. 절 일은 주로 재능에 따라 주어졌기에 저는 정원에 꽃을 심고 가꾸며 나무들을 전지하는 일을 했습니다. 꽃이 손에 닿았을 때의 보드라움과 나뭇가지를 자를 때 전지가위를 쥐느라 손가락에 힘이 들어감을 알아차렸습니다.

절에 들어온 보시물 중 남는 것은 주변의 어려운 분들이나 복지관에 보시했습니다. 멀리 있는 복지관에는 차에 생필품들을 가득 싣고 배달했는데, 그 일이 행자인 저에게 주어져 행복했습니다. 그러나 아직 수행이 부족한 것을 스스로가 잘 알기에 명상에 집중하기 위해 출가는 하지 않았습니다.

명상 길라잡이

명상(冥想)은 '고요한 상태로 관조한다.'는 뜻입니다.

영어로는 'meditation'이라 하는데 '치유하다'는 뜻이 담겨 있습니다.

명상은 몸과 마음에서 일어나는 현상의 본질(무상, 고, 무아)을

깨닫게 해 줍니다.

그 깨달음으로 평온하고 자유로운 삶을 살게 합니다.

명상은 크게 집중(concentration, śamatha)과 알아차림(insight,

vipassanā)으로 나누어집니다.

집중명상은 하나의 대상에 마음을 고정하여 마음과 대상이 하나가

되게 하는 것으로 선정과 삼매를 얻는 명상입니다.

호흡명상, 자애명상, 만트라명상 등 40여 가지가 있습니다.

알아차림명상은 몸에서 일어나는 감각과 마음에서 일어나는 생각과

느낌을 있는 그대로 알아차림으로써 통찰지혜를 이루는 명상입니다.

명상은 종교와 전통에 따라 다른 형태와 의미로 해석됩니다.

이 책에서는 근본 불교에 의거한 알아차림명상과 자애명상을

안내합니다.

장소

명상은 어디서나 할 수 있습니다. 명상센터, 집, 산책길, 지하철, 카페 등 어디서나 가능합니다. 집에서는 편안하고 조용한 곳을 정해 두는 것도 좋습니다. 방석이나 명상도구를 놓아 두면 명상 분위기를 더해 줄 것입니다.

도구

명상에는 특별한 도구가 필요하지 않지만 편한 옷, 방석, 종(싱잉볼) 등을 준비하면 좋습니다. 스마트폰이나 스마트워치의 알림음을 사용할 수도 있습니다.

시간

명상은 언제나 할 수 있습니다. 가장 적합한 시간은 자신이 명상할 수 있을 때입니다. 상황에 맞추어 하되 5~10분 정도라도 매일 하는 것이 좋습니다.

할 수 있는 만큼만 하면 됩니다. 극기 훈련이나 고행이 아니기 때문입니다. 그렇지만 할 수 있을 때는 충분히 하도록 합니다.

명상 시간을 정해 알람을 맞추어 놓는 것도 좋습니다. '얼마나 지났지?' '언제 끝내지?' 같은 불필요한 생각을 하지 않을 수 있기 때문입니다. 잠자기 전에는 하루의 일과가 끝나 편안한 상태이므로 명상이 잘될 수 있습니다. 그러나 쉽게 잠에 빠질 수 있으므로 주의가 필요합니다.

몸자세

명상은 어떤 자세로도 할 수 있습니다. 앉거나, 눕거나, 걷거나, 서거나 일상의 모든 상황에서 가능합니다. 앉아서 명상할 때는 가부좌나 반가부좌, 평좌로 앉는데 의자에 앉아도 좋습니다.

손은 한 손을 아랫배 쪽에 대고 다른 손을 그 위에 겹쳐 놓습니다. 양 무릎에 놓아도 됩니다. 목과 어깨의 긴장을 풀고 등과 허리는 바르게 세우고 앉습니다. 누울 때는 등을 바닥에 대고 편하게 눕습니다. 앉거나 누워서 명상할 때는 눈을 감는 것이 좋습니다. 걸을 때는 평소에 걷던 자세로 걸으며, 두 손을 포개어 앞쪽에 두거나 뒷짐을 지는 것도 좋습니다.

마음자세

명상은 어떤 마음에서도 가능합니다. 명상에 대한 선입견을 내려놓고 기대나 결과도 바라지 않으며 무엇이 일어나는지 그저 바라봅니다.

생각이 일어나면 생각인 줄 알고, 느낌이 일어나면 느낌인 줄 알아차리며 일어나는 대상을 있는 그대로 알아차립니다. 어떤 현상이 나타나도 지나가는 경험으로 대하고, 집착하거나 거절하지 않습니다. 나타나는 현상은 나타나는 대로, 사라지는 현상은 사라지는 대로 분명하게 알아차립니다.

2부

달라이 라마가 된 가람이

아이들이 6학년이 되었을 때입니다. 수업을 마치고 주차장에서 기다리고 있던 차에 탄 아이들에게 "오늘 학교생활은 어땠니?"라고 묻자마자 가람이가 "엄마, 저는 티베트를 할 거예요."라고 말했습니다.

"무엇을 공부하기에 티베트를 한다는 거니?"

"사회과목 시간에 세계에서 가장 알려지지 않은 나라를 연구하기로 했는데 제가 선택한 나라가 티베트예요."

"참 잘했네. 엄마도 관심 있는 나라인데 도와줄 것이 있으면 알려 주렴."

가람이는 집에 오자마자 다람살라에 도움을 요청하는 편지를 보냈습니다. 집 근처 티베트 절에 가서 자료도 구해 왔습니다. 그러더니 직접 달라이 라마가 되어 보는 연출을 하고 싶다 했습니다. 저는 훌륭한 생각이라며 가람이를 위해 티베트 승복을 만들어 주겠다고 약속했습니다.

발표회가 있기 한 달 전, 학교에서 학부모 참석 요청이 왔습니다. 티베트인 지인에게 발표회 때 함께 먹을 티베트 음식을 몇 가지 부탁하고, 제가 입을 티베트 전통 의상도 빌려 놓았습니다. 다람살라에서도 편지가 도착했습니다. 달라이 라마 존자님의 비서는 "티베트에 관심을 가져 줘서 고맙다."는 인사와 함께 발표를 잘 하라는 격려의 메시지도 보내 주었습니다.

가람이는 발표 하루 전 삭발을 결심했고 저는 머리카락을 아주 짧게만 남기고 잘라 주었습니다. 다음 날, 엄마가 만든 티베트 승복을 입고 삭발까지 한 가람이는 달라이 라마가 되어 발표를 시작했습니다. 넓은 강당에 모인 60여 명의 학생이 제각기 준비한 것을 설치해 두었습니다. 교장 선생님과 여러 선생님, 학부모들까지 참석해 발표회 열기가 대단했습니다.

처음에는 어색해하던 가람이도 학생과 학부모들이 관심을 보이자 준비해 온 내용을 열심히 설명하고 질문에 답도 잘해 주었습니다. 이러한 인연 덕분인지 가람이는 이후로도 수행하는 삶을 살기 위해 노력하고 있습니다.

사미승이 되다

하늘이와 가람이는 미국에서 태어났습니다. 그래서 한국의 전통 문화를 배우고 경험하기 위해서는 한국에서 살아 보는 것이 좋겠다는 생각이 들었습니다. 6학년을 마치고 여건이 되어 아이들과 의논 끝에 한국에서 살게 되었습니다.

긴 겨울 방학이 되자 아이들에게 물었습니다.

"미얀마에 함께 가 보면 어떻겠니?"

"왜 미얀마예요?"

"엄마가 명상센터에 가고 싶은데, 하늘이랑 가람이랑 같이 가 보면 좋겠구나. 명상센터에서 지내고 싶지 않으면 바로 나와서 미얀마 여행을 할 거란다."

아이들이 명상센터에서 지내고 싶지 않다면 여행을 하겠다고 약속한 것이지요. 하늘이에게는 3살 무렵 루비를 보고 좋아했던 일을 말해 주며 미얀마에 있는 세계 최대 루비 광산에 가 볼 것이라 했습니다. 가람이에게는 카누를 탈 때마다 노 젓는 것을 좋아했으니 인레

호수에서 미얀마 전통 배를 타 볼 것이라 말했습니다.

그렇게 함께 미얀마로 떠나 양곤 공항에 도착한 후 명상센터에서 보내준 트럭에 탔습니다. 짐칸이라 풍경을 보기에는 좋았지만 비포장도로라 트럭이 덜컹거리면 서로 부둥켜안고 버텼습니다. 힘들다는 말 한마디 없이 함께해 준 아이들에게 미안하다 못해 후회가 밀려오기도 했습니다.

명상센터에 도착해 간단한 안내를 받았습니다. 새벽 3시 30분에 일어나고 오후불식(午後不食)이라는 수행 규칙을 듣고도 선뜻 동의하는 아이들을 보고 놀라지 않을 수 없었습니다. 아이들이 조금이라도 원하지 않으면 바로 명상센터를 떠나 여행을 하리라 결심했었기 때문입니다.

빤디따라마 명상센터를 설립한 우 빤디따 사야도는 위빠사나 수행의 세계적인 스승으로 유럽과 미국에 위빠사나명상이 보급되는 데 크게 기여한 분입니다. 사야도께서는 아이들의 수행과 교육을 위해 영어가 가능한 사야도를 지정해 주셨습니다. 그리고 하루 1~2시간 불교 교리를 공부하고 명상하는 외의 나머지 시간은 아이들이 알아서 지내도록 해 주셨습니다. 호기심 많은 가람이는 몇 시간씩 쭈그리고 앉아 개미를 관찰했고, 하늘이는 명상실에 앉아 있거나 빈둥빈둥 놀았습니다.

10일쯤 되었을 때 사야도께서 우리 가족을 부르셨습니다. 잘 지내는지를 확인하시고는 아이들에게 "출가할 생각이 있느냐?"고 물으셨습니다. "사야도! 어떻게 어린아이들에게 출가를 물으십니까?" 라고 여쭈려는 순간, 아이들은 약속이나 한 듯 "네! 출가하겠습니다."라고 답을 해 버렸습니다.

며칠 후 사야도께서는 하늘이와 가람이에게 '뿐나난다', '뿐냐난다'라는 사미승 법명을 지어 주셨고 삭발하고 출가하는 의식을 해 주셨습니다.

출가! 출가의 거룩함에 엄마의 눈에서는 눈물이 흘러내렸습니다.

왜 출가했는지 아세요?

하늘이와 가람이가 출가를 결심했을 때의 마음을 떠올리며 쓴
글입니다.

스님들은 참 행복해 보였어요.

스님들 앞에 있으면 우리도 행복해졌어요.

어떻게 하면 저렇게 행복할 수 있는지 궁금했어요.

우리는 컴퓨터와 게임기 그리고 많은 것들이 있고

하고 싶은 것은 다 할 수 있는데도 어쩌다 조금 행복한데

가진 것은 발우와 승복뿐인 스님들께

어떤 비밀이 있기에 저렇게 행복한지 알고 싶었어요.

저녁밥도 안 먹고 게임도 안 하고 축구도 안 하고

바이올린, 첼로도 연주하지 않는데

어떻게 저렇게나 행복한지 너무 알고 싶었어요.

스님들은 참 고요해 보였어요.

뉴욕, 보스턴, 시카고에서 많은 사람을 보았고

앤아버에서 살았고 서울에서도 살았는데

어디서도 스님들처럼 고요한 사람들은 본 적이 없었어요.

스님들처럼 머리카락 자르고

똑같은 옷 입으면 행복하고 고요해질까 생각했어요.

따라 해 보고 싶었어요.

흉내라도 내고 싶었어요.

너무나 스님이 되고 싶었어요.

그래서 우리, 출가했어요.

무서운 사야도

하늘이와 가람이가 수행 경험을 떠올리며 쓴 글입니다.

우리에게는 세 분의 선생님이 계셨는데 그중 사마네쪼 사야도는 명상 지도를 해 주시는 선생님이셨어요. 수행 보고를 할 때면 우리는 자주 긴장했는데 무엇이 재미있는지 늘 웃으며 지도해 주셨어요.

우 수자나 사야도는 불교 교리를 가르쳐 주시는 선생님이셨어요. 잘 모르는 것은 알 때까지 친절하게 가르쳐 주셨지요. 부처님의 전생 이야기인 '자타카'를 들려주실 때는 부처님께서 사슴 왕이었던 이야기와 흰 코끼리였던 이야기를 재미있게 해 주셨어요.

우 삔야 사야도는 사미로서의 생활 지침을 가르쳐 주시는 선생님이셨습니다. 키가 큰 데다 웃지도 않고 우리들의 행동을 살피시니 어느 때는 무섭게 보였습니다. 한번은 우리가 땅바닥에 앉아 작은 나뭇가지로 놀고 있었는데 "사미는 놀이해서는 안 된다."고 엄하게 말씀하셨습니다.

새벽 3시 30분에 일어나야 하는데 어쩌다 늦으면 구띠(숙소) 앞에서 "사미들! 명상 시간이다."라고 말씀하시고 우리가 나갈 때까지 서 계셨습니다.

그러던 스님이 어느 날 망고 잼을 주셨습니다. 오후불식이어도 주스나 꿀물은 마실 수 있었기에 너무 배고픈 날에는 잼도 단 것이라 먹어도 되는 줄 알고 먹었습니다. 두 번째 잼을 주시면서는 "많이 배고파도 오후에는 먹으면 안 된다."는 말씀을 뒤돌아서며 해 주셨습니다. 그 말씀을 들은 후 우리는 아무리 배고파도 오후에는 결코 잼을 먹지 않았습니다. 오후에는 씹어 삼키는 음식은 어떤 것도 먹을 수 없다는 사실을 알게 됐기 때문입니다.

그러던 어느 날 "엄마에게 드려라." 하시며 건포도와 망고 잼을 한가득 주셨습니다. 망고처럼 달콤한 마음을 가지신 스승 우 삔야 사야도. 그동안은 잘 몰라서 무서워했지만 우리는 더 이상 무서워하지 않기로 했습니다.

계를 지키다

사미승이 된 하늘이와 가람이는 수행자의 생활을 즐기는 듯 보였습니다. 그래서인지 우 빤디따 사야도께서는 아이들이 미얀마에서 계속 살기를 바라셨습니다. 아이들도 좀 더 살아 보기를 원했으나 저는 엄격한 규율과 건기가 되면 40도가 넘는 날씨를 어떻게 견딜지 너무 걱정되었습니다. 그때 마침 사야도께서 "북쪽은 덜 더우니 여름에는 북쪽의 메묘센터에서 지내게 해 주겠다."고 말씀하셨습니다. 어떤 곳인지 미리 다녀오고 싶다고 요청했더니 허락해 주셨습니다. 떠나기 전 사야도께서 아이들에게 물으셨습니다.

"여행하는 동안에는 10계를 내려놓고 재가자 5계만 지키면 된다. 그러면 승복을 벗고 저녁도 먹을 수 있다. 그렇게 하겠느냐?"

"사미로서 10계를 계속 지키겠습니다."라고 아이들은 답했습니다.

메묘센터로 가는 길에는 사야도께서 미리 연락해 두신 절에서 머물렀는데 모두들 진심으로 환대해 주었습니다. 자동차로 왕복

10일의 일정이었고 사미로서 여러 불편한 상황들이 있었지만 아이들은 잘 받아들여 주었습니다.

그런데도 엄마의 마음으로 하룻밤쯤은 사미승들을 편안한 침대에서 자게 하고 싶었습니다. 2,000개가 넘는 탑들로 이루어진 고대 도시 바간의 한 호텔에서 하루를 머물렀습니다. 밤이 되자 높은 나무에 수백 개의 등이 불을 밝혀 참 아름다웠습니다. 꽃향기 그윽한 정원에서 미얀마 전통 의상을 입은 연주자들이 연주하는 전통 음악이 펼쳐졌습니다. 옆 테이블에서는 여행객들이 음악을 들으며 고급 요리를 먹고 있었습니다.

그러나 사미승들은 눈길 한 번 주지 않고 알아차림을 유지하며 주스만 마셨습니다. 그때 호텔 지배인이 오더니 허리 굽혀 인사하며 "사미승들이 마시는 주스는 제가 공양 올리겠습니다. 그러니 값을 낼 필요가 없을 뿐만 아니라, 원하는 만큼 더 드리겠습니다."라고 말했습니다.

하루는 시골 마을의 작은 음식점에서 점심을 먹어야 했습니다. 오후불식이라 점심이라도 잘 먹게 하고 싶은데, 조미료 알레르기가 있는 가람이가 걱정되었습니다. 주인에게 정중히 부탁해 허락을 받은 후 주방에 들어가 직접 볶음밥을 만들었습니다. 넉넉하게 만든 볶음밥을 주인아저씨와 옆집에서 구경 온 사람들과 함께 나누어 먹었습니다. 사미승의 엄마였기에 가능한 일이었고, 마주치는 사람들 모

두 사미승들을 수행자로 극진히 대해 주었기에 엄마도 수행자답게

행동하지 않을 수 없었습니다.

고요한 현존

사미승이 되고 한 달 정도 지났을 무렵, 아이들은 하루에 14시간 가량 명상을 했습니다.

"엄마! 정말 행복해요! 이런 행복은 경험해 본 적이 없어요. 바이올린 연주나 게임, 그 어떤 것과도 비교할 수 없어요. 밤에는 잠을 자느라 명상을 못 하니 3일 만이라도 밤새 명상을 하고 싶어요."

담당 스님께 여쭈었더니 "건강상 밤샘은 안 되고 3일간 밤 11시까지만 하라."고 말씀하셨습니다. 가람이도 동의해서 우리는 함께 명상을 시작했습니다. 명상이 끝나는 9시가 되자 수행자 대부분이 숙소로 돌아갔습니다. 10시가 되니 다른 수행자들도 숙소로 가 여성 명상실엔 저만 남았습니다. 건강이 나빴던 저는 가까스로 버티다 나중에는 입구 쪽 커다란 기둥에 기대 있었습니다.

11시를 알리는 시계 종소리가 들린 후, 2층 남성 명상실에서 하늘이가 앞서고 가람이가 뒤서서 걸어 내려오고 있었습니다. 걸음걸이가 매 순간 알아차림으로 이어지는 것을 알 수 있었습니다. 한 걸음,

한 걸음을 오롯이 알아차리지 않으면 그렇게 천천히 걸을 수 없는 것이었습니다. 온전히 알아차리느라 한순간도 눈길이 다른 곳을 향하지 않았습니다.

계단을 다 내려와 엄마의 명상 자리 쪽으로 몸을 돌린 하늘이는 알아차림을 유지하며 걸어갔습니다. 엄마는 없고, 정리되지 않은 모기장을 본 하늘이가 모기장을 천천히 말아 올려 지지대 끈에 끼워 놓았습니다. 모든 동작이 알아차림 속에서 이루어지는 모습은 고요한 현존이었습니다. 하늘이를 보며 서 있는 가람이도 현존하고 있었습니다. 두 사미승의 확고한 알아차림을 보고 있으니 기운이 생겨 사미승들 뒤를 따라 알아차리며 숙소로 갈 수 있었습니다.

어느새 두 달간의 특별 명상 기간이 끝나고 마지막 날 법문과 함께 회향식이 있었습니다. 300명 정도의 참가자 중에는 미국인과 유럽인이 많았습니다. 명상 기간에는 묵언이라 서로 이야기하지 못했지만 마지막 날에는 묵언이 해제되었습니다.

여러 참가자가 제게 다가와 "고맙습니다." 하고 인사를 건넸습니다. "명상하다 어렵거나 게을러질 때 어린 사미승들이 명상하는 것을 보고 다시 마음을 다잡을 때가 많았다."는 것입니다. 명상 기간 동안 하늘이와 가람이는 엄마에게도 스승이었습니다.

수행하다 죽어도 좋아요

아이들은 사미승이 되고 처음에는 하루에 2~3시간씩 명상하다 점차 시간을 늘려 갔습니다. 명상 지도 사야도께서 이틀에 한 번씩 수행을 점검하고 지도해 주셨습니다. 사미승과 재가자는 밥 먹는 자리도 달라 저는 아이들과 마주칠 기회가 거의 없었습니다. 어쩌다 먼 발치에서 보면 잘 지내는 것 같아 고마우면서도 안쓰럽던 마음은 시간이 지나고 알아차림을 해도 여전했습니다.

특별수행 일정이 거의 끝나 갈 무렵이었습니다. 아이들에게 "명상센터에 와 주고 사미승이 되어 수행까지 잘 해 주어 고맙다."고 말했습니다. 말이 끝나자마자 하늘이가 "한국에 가지 않고 이곳에서 계속 명상하고 싶어요."라고 말했습니다. 너무 놀라 아무 말도 못 하고 있는데 가람이는 "저는 한국에 갈래요."라고 했습니다. 하늘이가 계속 미얀마에 남는다는 건 상상도 해 본 적 없었던지라 큰 충격이었습니다. 어떻게 그런 생각을 하게 되었는지 짐작도 안 되었습니다. 그래서 물었습니다.

"여기서 명상을 계속한다면 가람이를 한국에 데려다주고 와야 하는데, 그때까지 혼자 있는 것이 두렵지 않겠니?"

그러자 하늘이는 단호한 표정으로 답했습니다.

"제 걱정은 말고 엄마는 가람이와 한국에 가세요. 그리고 엄마가 다시 오지 않아도 괜찮아요. 수행할 수 있다면 죽음도 두렵지 않아요."

잊을 수 없는 스승

두 달간의 특별수행이 끝나고 참가자 대부분이 명상센터를 떠났습니다. 하지만 우리는 하늘이가 계속 수행하겠다고 해서 머물고 있었습니다. 저의 인터뷰 사야도도 바뀌었습니다. 삼배를 올리고 수행을 보고드렸는데, 보고가 끝나자 사야도께서 말씀하셨습니다.

"너의 아들은 지금 수행이 잘되고 있어 마음이 고요하고 평온하다. 너는 아이들이 이곳에서 승려 생활을 계속하기를 바라느냐?"

"한 아들은 더 수행하기 위해 이곳에서 살고 싶다 하고, 다른 아들은 한국으로 돌아가고 싶어 합니다. 어떻게 해야 할지 모르겠습니다."

"아이들을 데리고 여기를 떠나거라."

"어린아이의 생각이지만 '수행을 위해서는 죽음도 두렵지 않다.'는 고귀한 발심을 어떻게 해야 할지 고민하고 있었습니다."

"그것은 고민하지 않아도 된다. 네가 고민할 필요 없이 아들은 스스로 수행을 하러 여기로 또 올 것이다."

사야도의 말씀을 따라 미얀마를 떠났습니다. 하늘이에게는 사야도의 말씀은 전하지 않고 한국에 돌아가자고 간절히 부탁하니 다행히 따라 주었습니다. 세월이 흘러 하늘이가 대학생이 되어 첫 여름 방학을 맞자 이렇게 말했습니다.

"엄마! 미얀마에 명상하러 가야겠어요."

저는 놀라움과 반가운 마음에 그제야 사야도의 말씀을 전했습니다. 그 말을 묵묵히 듣던 하늘이는 미얀마에 가서 여름 방학 중 2개월을 수행했습니다. 집에 돌아온 하늘이가 말했습니다.

"엄마, 사야도께 진심으로 감사드려요. 12살 때부터 지금까지 스님으로 살지 않은 것은 잘한 것 같아요. 명상은 계속할 것이니 엄마도 마음 편히 하시길 바랍니다."

불교학 공부는 석사 학위를 취득한 후 그만두었지만, 명상만은 계속하고 있는 하늘이! 하늘이는 지금 구글(Google)의 법무부서에서 일하며 동료들에게 명상도 안내하고 있습니다.

하늘이의 출가

하늘이는 하버드대학교 대학원에 전액 장학금과 생활비를 받는 조건으로 합격했습니다. 그러나 "근본불교를 연구하기엔 미시간대학원이 더 좋은 환경이 될 것."이라며 하버드에 가지 않았습니다. 어느 날 전화로 "엄마! 대학원 들어가기 전 1년 휴학을 해야겠어요. 부처님께서 비구셨기에 불교학을 공부하기 전에 비구가 먼저 돼 봐야겠어요."라고 말하고 미얀마로 떠났습니다.

하늘이가 비구가 되었던 경험을 써 준 글입니다.

깨달음을 완성하신 위대한 스승 부처님!

부처님께서 직접 지도하신 승단에 출가하는 것은 아니지만 출가를 결심하니 특별한 각오가 생깁니다. 그래서 행복한 마음으로 쉐우민 명상센터에 갔습니다. 비구계는 12살 때 받은 사미 10계와는 비교도 안 되게 많은 250계였는데 그중 가장 실천하고 싶었던 계는 '번뇌 망상에서 벗어나야 한다.'는 것이었습니다.

지켜야 할 계 중에는 무척 자세하고 특이한 것들이 많았습니다. 예를 들면 길을 걸을 때 '눈은 언제나 아래를 향해야 하고 미소를 지어서는 안 되며 사람들을 쳐다보아서도 안 된다.'는 것이었습니다. 이성을 포함해 외부 현상에 관심 두지 말라는 이유로 만들어진 것인가 추측했습니다. 그래서 아래를 보며 걸으니 자연스레 개미나 벌레들을 볼 수 있었습니다. 벌레들을 모르고 밟을 위험이 없는 이익이 있음을 알게 되었습니다.

'카레를 먹을 때 밥과 카레의 비율을 4대 1로 해야 한다.'는 계도 있습니다. 어느 날 카레를 먹게 되었는데 계율에 따라 카레를 조금 넣어 먹으니 맛이 없었습니다. 맛을 탐하면 지키기 어려운 계였습니다. 부처님 당시에는 카레를 구하기가 어려워 생긴 계일 것이라고 짐작했습니다. '비구는 걸식으로 주어진 것을 먹으며, 깨달음을 이루기 위한 건강 유지 차원으로만 먹어야 한다.'는 뜻을 새기며 먹었습니다. 맛에 대한 욕구 없이 먹을 수 있는 이익이 있었습니다.

미국은 물론 오스트리아, 체코, 프랑스, 캐나다 등 세계 각지에서 수행자들이 왔는데 의사 임용고시를 앞둔 이, 월가에서 일하다 그만둔 이, 사회적 기업에서 일하던 이 등 다양했습니다. 저는 23살로 가장 어렸는데 출가자로서는 모두 동등한 나이가 되었습니다. 우리는 모두 법의 형제가 되었고, 수행에 도움을 주는 형제애가 생겼습니다.

비구 스님들은 매일 탁발을 나가 얻어 온 음식을 주로 먹었습니다. 지켜야 할 계는 많았지만 소유할 것은 네 가지뿐이었는데 가사, 발우, 작은 천 조각의 깔개, 몸이 아플 때 치료할 약이었습니다. 계를 지키는 것만으로도 수행에 큰 도움이 되었습니다. 부처님의 가르침을 배우며 수행에만 전념할 수 있고, 좋은 도반들이 있는 것도 도움이 되었습니다.

그리고 법문할 기회가 주어진다는 것은 비구로서 무척 영광스러운 일이라 생각했습니다. 출가 비구로 살면 살수록 부처님을 존경하지 않을 수 없었습니다. 부처님께서는 번뇌를 완전히 소멸하셨고, 번뇌를 소멸하는 방법을 가르쳐 주셨기 때문입니다.

3개월이라는 짧은 기간의 출가 생활이었지만 앞으로의 삶에 큰 도움이 될 것이라 생각했습니다. 그러나 무엇보다도 확고하게 깨달은 것은 '수행은 마음으로 하는 것.'이라는 사실입니다. 그러므로 언제, 어디서, 어떤 모습으로 살든 바르게 수행한다면 번뇌를 소멸할 수 있는 것입니다.

간화선

미얀마에서 3개월간 출가 생활을 한 하늘이가 이번에는 한국에서 간화선 수행을 접했습니다. 안국선원장 수불 스님의 지도로 인제 백담사에서 열린 간화선 수행 프로그램에는 국내외 불교학 교수들과 연구원들이 주로 참석했습니다.

수불 스님께서 법문 중 검지를 움직여 보이며 말씀하셨습니다.

"이 검지를 무엇이 움직이게 하는가? 말해 보시오."

하늘이는 선방에서 꼿꼿이 앉아 생각해 봐도, 방에 누워 생각해 봐도 질문 자체를 이해하기 어려웠습니다.

"무엇인가 있을 텐데, 분명히 무엇인가 있을 텐데."

그때 미산 스님(상도선원 회주, KAIST 명상과학연구소장)께서 하늘이에게 간화선의 원리를 설명해 주셨고, 이틀간의 참구 끝에 하늘이가 화두의 뜻을 간파했습니다. 수행을 끝내고 하늘이와 수행에 대한 여러 이야기를 나누었는데 다음은 간화선 수행 뒤 생긴 하늘이의 견해입니다.

수행에는 여러 방법이 있습니다. 수행의 본질을 이해하면 어떤 수행이던 서로 연결되어 있다는 것을 발견할 수 있습니다. 예를 들면, 순수 위빠사나는 약간의 집중이 필요하고 사마타 위빠사나는 강한 집중력이 필요합니다. 간화선에서도 강한 집중력이 필요하다는 것을 알게 되었습니다.

수행하며 집중한다는 점에서 그 자체로는 같은 것이라 생각합니다. 그러므로 집중력이 필요한 수행에는 다른 수행에서 생긴 집중력도 도움이 된다고 생각합니다. 수행의 접근 방법은 달라도 근본에서는 서로 연결되고 도움이 되는 것이지요. 이런 관점에서 간화선 수행을 처음 해 본 제가 화두의 뜻을 쉽게 간파한 것은 그동안 위빠사나 수행을 해 왔던 영향이 컸다고 생각합니다. 어떤 것이건, 자신에게 맞는 수행 방식을 찾아 성실히 해 보는 것이 중요하다고 생각합니다. 왜냐하면 수행 자체에는 우열이 있다고 생각하지 않기 때문입니다.

우리는 연결되어 있어요

미시간대학교 오케스트라에서 바이올린을 연주하는 하늘이를 위해 학교 마크인 'M'자를 수놓아 넥타이를 만들었습니다. 미국으로 보내려 우체국으로 가는 길에, 지도를 보고 있던 젊은 외국인이 말을 걸어 왔습니다.

"실례합니다. 북촌에 가려면 어디로 가야 하나요?"

"한국에 오신 것을 환영합니다. 마침 북촌 쪽으로 가는 길이니 함께 가면서 알려 줘도 될까요?"

대화를 나누다 보니 그의 이름은 제임스이고 미시간주에서 왔다는 사실을 알게 되었습니다. 그는 저에게 무엇을 하는 사람인지 알려 줄 수 있냐고 물었습니다.

"명상하며 살아요."

"와! 저도 명상에 관심이 많은데요."

"일정에 여유가 있으면 잠깐 명상해 볼래요?"

"물론이죠!"

제임스는 방향을 바꾸어 저와 함께 삼청동 '명상의 집'을 방문했습니다. 명상실에 앉아 차를 마시며 유리창 너머로 백악산을 보더니 "명상이 저절로 될 것 같다."며 감탄했습니다. 저는 "저절로 될 것 같은 마음일 때 명상하는 것이 좋겠습니다."라고 말한 후 마음알아차림명상을 안내했습니다.

명상이 끝난 뒤 제임스가 말했습니다.

"여행하며 보이고 들리는 것에 반응하기 바빴던 마음과 더 멋진 곳을 찾으려던 욕구를 알아차리게 되었어요. 명상에서 깨달은 것을 남은 여행 동안 적용해 볼게요."라며 고마워했습니다.

며칠 뒤 가람이에게 전화가 왔습니다.

"엄마! 제임스를 어떻게 알게 됐어요?"

"엄마가 제임스를 만날 걸 어떻게 알았어?"

"제임스가 엄마와 명상했던 에피소드와 사진을 페이스북에 올렸어요. 그것을 제임스 친구이자 제 친구인 마이클이 저에게 보내 줘서 알게 되었어요. 마이클이 '네 엄마 맞지?'라고 물었어요."

제임스는 페이스북에 올린 글에서 "명상이 한국 여행 중 가장 평화로운 시간이었다."고 했답니다.

나무처럼

아이들의 세 살 생일부터 성년이 되는 열여덟 살 생일까지 해마다 나무를 함께 심었습니다. 주로 아이들이 다니는 학교에 심었습니다. 서른 살 생일을 며칠 앞두고 하늘이가 전화했습니다.

"엄마! 이제야 알게 되어 죄송해요. 우리 생일 때마다 왜 함께 나무를 심었는지 깨닫게 되었어요. 우리가 나무처럼 도움 되는 삶을 살기를 바라는 마음에서였지요? 그래서 이번 생일에 나무 심기 대신 엄마의 뜻을 기리며 나눔을 하려 합니다. 엄마! 우리와 함께 나무를 심어 줘서 정말 고마워요."

그리고 페이스북에 이런 글을 올렸습니다. 엄마의 부족한 실력으로 번역하고 요약했습니다.

서른 살이 되면서 누구에게 의지하는 사람이 아니라는 사실에 안도감을 느낍니다. 이렇게 살 수 있게 된 것은 대부분 엄청난 사랑과 결단력으로 아무것도 없이 거의 혼자 우리를 키운 어머니 덕분입니다. 마침내 가난에서 벗어났고 이제 서른 살이 됩니다.

팬데믹으로 수백만 명의 사람들이 해고되는 상황에서도 세계적으로 인정받는 직장에서 일할 수 있음에 진심으로 감사합니다. 안타깝게도 미국의 어떤 사람들은 코로나로 인해 아시아인들에게 불친절하게 대하는 경우가 생겼습니다. 우리가 어디서 왔는지, 어떻게 생겼는지에 상관없이 우리는 모두 동등하게 대우받아야 한다고 생각합니다.

그래서 저는 생일을 맞이해 불의와 인종 불평등을 포함해 다양한 문제를 해결하기 위해 노력하는 비영리단체의 뜻에 함께하려 합니다. 제 생일을 축하해 주실 생각이 있는 분께서는 모금에 동참해 주시면 진심으로 감사하겠습니다. 어려울 때일수록 우리 모두가 서로 협동하고 지원하는 것이 중요하다고 생각합니다. 참여해 주신 분들과 어떠한 이유에서라도 참여할 수 없는 분들 모두 늘 건강하고 행복하기를 바랍니다. 나아가 세상 모든 분들이 건강하고, 안전하고, 행복하기를 진정으로 바랍니다.

직장생활에서의 명상

직장에서 동료들에게 명상을 안내하고 있는 하늘이가 쓴 글입니다.

명상! 왜 필요할까요?

사실과 진실을 알도록 도와줍니다.

생각과 느낌을 알아차려 그것들에 휘둘리지 않도록 도와줍니다.

그래서 자유롭고 행복하게 살 수 있도록 도와줍니다.

명상! 어떻게 하나요?

출근해 자리에 앉아 마음 상태를 알아차리고 호흡을 알아차립니다. 그리고 해야 할 일들을 정리해 보고 일을 시작합니다. 일할 때는 일을 합니다. 점심시간이 끝난 뒤, 다시 일을 시작할 때도 마음 상태를 알아차립니다. 호흡 몇 번 알아차리는 것만으로도 마음이 안정되고 명료해질 수 있습니다.

회사생활을 하다 보면 긴박하거나 해내기 어려운 일이 자주 발생합니다. 잠시 멈추어 긴박함을 알아차리고, 어려움을 알아차려 봅니다. 심호흡 한번 하는 것도 좋습니다. 팀을 이루어 일할 때는 서로 도움을 받을 수 있어 좋지만 관계의 어려움이 생기기도 합니다. 좋은 일에는 함께 기뻐하며 진심으로 칭찬하고 기뻐해 줍니다. 우리 팀이 좋은 성과를 이뤄 내면 마음껏 축하해 줍니다.

어려움이 생겼을 때는 어려움에서 벗어나기를, 자유롭기를 바라며 자신을 위로하는 연민명상을 하고 스스로 격려하며 자애를 보냅니다. 함께 노력해 온 동료들에게도 어려움에서 벗어나고 자유롭기를 바라며 연민명상을 하고, 편안하기를 바라며 자애를 보냅니다. 그리고 알아차림명상을 합니다. 상황을 있는 그대로 알아차림에서 생기는 이해와 안정감으로 일을 합니다.

명상! 어떻게 사용하나요?

상사에게 보고서를 이메일로 보냈는데 하루가 지나도 답이 없을 때, 마음 상태를 알아차립니다. 하루 정도 더 기다려도 답이 없을 때, 무슨 문제가 있는지 궁금하고 알고 싶어집니다. 그래서 더 자주 이메일을 확인하게 되는 마음을 알아차립니다. 그리고 답이 없다는 사실을 알아차립니다. 짐작과 추측으로 걱정하거나 불안하게 되면 그 감정을 알아차리며 '답이 없다.'는 사실을 알아차립니다. 사실을 자각하는 것이 중요하기 때문입니다. 원하는 것을 얻고 싶은 기대가 있을 때, 얻을 줄 알았던 상황에서 얻지 못할 때, 실망과 불안에 빠질 수 있습니다. 실망과 불안은 욕구가 충족되지 않을 때 생기고 욕구에 의해 생긴 감정은 착각이나 환상에서 비롯되는 경우가 많습니다. 그러므로 현실을 자각하는 것은 중요합니다. 답이 원하는 대로 즉각 오면 좋겠지만 그것은 원하는 것이고, 할 수 있는 것이 아님도 알아차립니다. 내가 할 수 있는 것은 '사실을 사실인 대로' 알아차리는 것입니다. 알아차리면 잘못된 판단에서 생기는 불필요한 감정 없이 일할 수 있기 때문입니다.

아침에 잠에서 깨어나면 잠시 명상을 합니다. 그리고 하루의 일이 끝나고 잠자기 전에 명상합니다. 많이 아프거나 일이 바빠도 하루도 빠짐없이 명상합니다. 매일 하는 명상은 일상에서 알아차림을 유지하는 데 큰 도움이 되기 때문입니다.

알아차림명상

알아차림명상은 자신의 몸과 마음에서 일어나는 감각과

현상의 본질을 알기 위한 것입니다.

몸의 감각과 마음의 현상을 있는 그대로 알아차리기 위해

대상을 볼 때는 보는 것을 알아차리고,

소리를 들으면 듣는 것을 알아차립니다.

음식을 먹으며 맛을 알게 되면 아는 것을 알아차리고,

생각을 하면 생각하는 것을 알아차립니다.

처음 명상할 때는 대상을 알아차리기가 쉽지 않으나,

주의를 기울여 지속적으로 알아차리면

있는 그대로의 사실을 분명하게 알아차릴 수 있게 됩니다.

앉아서 하는 명상

숨에서 생기는 배의 감각을 기본대상으로 알아차립니다.
숨을 들이쉴 때 배가 불러 오면 불러 오는 것을 알아차리고,
내쉴 때 배가 꺼지면 꺼지는 것을 알아차립니다.
숨은 자연스럽게 쉬면서 배에 주의를 기울여 배의 부름과 꺼짐을
알아차립니다.

배의 부름과 꺼짐을 알아차리는 중에 몸에 저림이나 가려움 등
다른 강한 감각이 나타나면 의식은 그 감각으로 가게 됩니다.
그때는 그 감각을 알아차립니다. 감각이 약해지거나 사라져
알아차림의 대상이 되지 않으면 주의를 배로 가져가 배의 감각을
알아차립니다.

마음에 걱정이나 불안 등 강한 생각과 느낌이 떠오르면 의식은
그 생각이나 느낌으로 가게 됩니다.
그러면 그 생각이나 느낌을 알아차립니다. 생각이나 느낌이
약해지거나 사라지면 주의를 배로 옮겨 가 배의 감각을 알아차립니다.

생각이나 느낌이 이어지지 않도록 바로 알아차리는 것이 중요합니다.
그러나 바로 알아차려지지 않고 생각이나 느낌에 빠지면
주의를 배로 옮겨 가 배의 감각을 알아차리면 됩니다.

알아차림 놓친 것을 후회하거나 비난하지 않고 알아차리면 됩니다.

알아차림명상은 알아차림을 유지하는 것이 중요합니다.

그러므로 어떤 감각이나 현상이든 있는 그대로 분명하게

알아차립니다.

걸을 때 하는 명상

걸을 때 생기는 발의 동작을 기본대상으로 알아차립니다.

일정한 거리를 정해 놓고 왕복하면 주변 환경의 변화가 많지 않아

알아차림에 도움이 됩니다.

산책하거나 길을 걸으면서도 알아차림이 가능합니다.

처음에는 걷고 있음을 알아차립니다.

왼발을 내디딜 때는 왼발, 오른발을 내디딜 때는 오른발로 나누어

알아차려도 됩니다.

지금 걷고 있는 걸음의 동작에 밀착해서 알아차립니다.

수많은 걸음을 걸었고 걸을 것이지만 지금 걷는 이 걸음은

오직 이 순간에 걷고 있습니다.

그러므로 분명하게 알아차리면 현존하게 됩니다.

발을 들 때는 드는 것을, 밀 때는 미는 것을,

발을 놓을 때는 놓는 것을 알아차립니다.

알아차림이 익숙해지면 걸으려는 의도를 먼저 알아차립니다.

그리고 발을 들 때는 드는 것, 밀 때는 미는 것,

놓을 때는 놓는 것을 알아차립니다.

발이 바닥에 닿으면 닿는 것, 발이 눌릴 때는 눌린 것으로 세분화하여

알아차립니다.

돌면서 걸을 때는 도는 것을 알아차립니다.

걸음에 따라 나타나는 발의 동작에 주의를 기울여 알아차립니다.

일상생활에서의 명상

잠에서 깨어나 잠이 들 때까지 일상에서 경험하는 몸의 감각과
마음의 현상을 기본대상으로 알아차립니다.
처음에는 많은 동작을 알아차리기가 어려우므로
몇 가지 강한 동작에서 나타나는 감각을 알아차리다가
점차 늘려가는 것도 좋은 방법입니다.

잠에서 깨어나면 깨어남을 알아차리고, 잠자리에서 일어날 때
머리를 들어 올리면 들어 올리는 것을 알아차립니다.
샤워할 때 물이 몸에 닿아 젖으면 젖음을 알아차리고,
수건으로 닦을 때는 닦는 것을 알아차립니다.
아침에는 출근과 등교 등 하루를 준비하느라 매우 바쁩니다.
그때는 한 번만, 한 가지만 알아차려도 좋습니다.
무엇을 하려 할 때는 의도가 생깁니다.
일을 시작할 때 일하려는 의도를 알아차리고 일을 시작하되,
일 할 때는 일을 합니다.
끝날 때는 끝났음을 알게 되는데 그때 생길 수 있는 만족감, 후련함,
아쉬움 등을 알아차리면 감정을 마무리하는 데 도움이 될 수 있습니다.

가족과 함께 저녁밥을 먹을 때 기쁨을 느끼면 기뻐함을 알아차립니다.
음식을 준비한 사람에게 고마움을 느끼면 고마워하는 것을

알아차리고, 준비한 사람에게 고마움을 표현합니다.
표현하는 것은 알아차림에서 생긴 지혜를 실천하는 좋은 태도라
할 수 있습니다.

잠자리에 들기 위해 불을 끌 때는 끄는 것을 알아차리고,
침대에 누워서는 누워 있는 것을 알아차리며 잠듭니다.

마음알아차림명상

마음은 대상을 아는 것입니다. 몸의 감각을 알아차리는 것은
마음이 합니다. 생각과 느낌을 알아차리는 것도 마음으로 합니다.
행복과 불행을 느끼는 것도 마음에서 경험됩니다.
그러므로 마음을 알아차리는 것은 중요합니다.

대상을 아는 마음을 알아차리는 것이 마음알아차림명상입니다.
대상을 알게 되는 것은 마음이 대상에 주의를 기울여 알아차리기
때문입니다.
마음을 알아차리기 위해서 현재 나타나는 마음의 현상에
주의를 기울여야 합니다.
마음의 현상을 있는 그대로 알아차리면
현상은 원인과 조건에 의해 일어난 것임을 알 수 있습니다.
원인과 조건을 알아차리면, 원인과 조건에 의해 일어난 것은
원인과 조건이 다하면 현상이 사라짐을 깨닫게 됩니다.
그뿐만 아니라 원인과 조건만 있을 뿐 '나'가 없다는 것도 깨닫게
됩니다.
그러므로 어떤 마음의 현상이든 있는 그대로 분명하게 알아차립니다.
현상의 본질을 분명하게 알아차리면 현상에 얽매이지 않으며
살 수 있는 지혜를 터득하게 되기 때문입니다.

마음을 알아차릴 때 부정적인 감정은 알아차리기가 쉽지 않습니다.

그때는 몸의 감각을 알아차리는 것이 좋습니다.

몸의 감각을 알아차려 마음에 안정이 생기면 알아차리기 편한

생각부터 알아차리다가 부정적인 감정을 알아차립니다.

부정적 감정이 강하여 알아차림이 안 되고 감정에 빠져 버릴 때는

부정적 감정 알아차림을 멈춥니다.

그러나 명상은 계속해야 하므로 일반적인 생각이나 편한 생각을

대상으로 알아차립니다.

부정적인 감정을 알아차릴 힘이 생기면 그때 다시 마주하고

알아차립니다.

가족과 함께하는 몸알아차림명상

가족과 함께 명상할 날짜와 시간을 정해 놓습니다.

거실이나 방을 명상에 알맞도록 준비합니다.

조용한 장소와 은은한 조명은 명상에 도움이 됩니다.

어린 자녀와 함께할 경우에는 5~10분 정도로 시작해

차차 시간을 늘려 가는 것이 좋습니다.

가족 모두 자리를 잡고 편히 앉은 다음 종을 쳐 시작을 알립니다.

목과 어깨의 긴장을 풀고 등과 허리는 바르게 하고 눈을 감습니다.

숨 들이쉬고 내쉽니다.

들이쉬고 내쉬고,

숨 들이쉬고 내쉽니다.

앉아 있는 몸을 알아차립니다. 몸에 나타나는 감각을 알아차립니다.

주의를 머리로 가져가 머리에 있는 감각을 알아차리고,

몸통의 감각을 알아차립니다.

오른쪽 어깨부터 오른손까지의 감각을 알아차리고,

왼쪽 어깨부터 왼손까지 알아차립니다.

오른쪽 허벅지부터 오른발까지의 감각을 알아차리고

왼쪽 허벅지부터 왼발까지 알아차립니다.

그리고 주의를 배로 가져가 배의 감각을 알아차립니다.

숨을 들이쉴 때 배가 부르는 것을 알아차리고,

숨을 내쉴 때 배가 꺼지는 것을 알아차립니다.

배의 부르고 꺼짐을 알아차립니다.

배의 부르고 꺼짐이 잘 안 느껴질 때는 배에 손을 대 보면

잘 느낄 수 있습니다.

배의 감각이 알아차려지면 손은 제자리에 놓고

배의 부르고 꺼짐을 알아차립니다.

숨 따라 배가 부르면 부르는 것을 알아차리고

숨 따라 배가 꺼지면 꺼지는 것을 알아차립니다.

명상을 끝낼 때는 종소리로 마무리하고

가족과 경험을 나누어 보는 것도 좋습니다.

명상 경험을 나눌 때는 명상 때 알아차린 것을 말합니다.

알아차리는 마음으로 경청하며 공감해 주는 것은 언제나 중요합니다.

3부

명상 안 갈래

경험과 질문을 나누는 시간이었습니다. 강진규 씨는 질문과 경험을 나누는 시간에 늘 듣기만 했던 분이었는데 오늘은 나누고 싶은 이야기가 있다며 말을 꺼냈습니다. 강진규 씨의 이야기입니다.

해 질 무렵부터 내리던 함박눈이 바람과 함께 휘몰아쳤습니다. 창밖 살피기를 여러 번. 문을 열었다 닫았다 하다 "오늘은 명상 안 갈래."라고 말했습니다. 그러자 중학생인 두 딸이 달려와 물었습니다.

"왜요? 왜 명상 안 가요, 아빠?"

"너무 추워서 오늘 한 번만 빠질래. 방에서 혼자 해 볼 거야."

"안 돼요, 아빠! 꼭 명상하러 가셔야 해요!"

"이렇게 추운데 왜 가야 해?"

"명상 갔다 돌아올 때 아빠 표정이 얼마나 밝은데요. 목소리가 얼마나 다정한데요. 아빠! 명상 꼭 가 주세요! 우리를 위해서요. 우리도 아빠 말 잘 들을게요."

딸들의 말에 눈길을 헤치며 명상하러 온 저는 명상이 저절로 되었습니다. 사랑하는 우리 가족 모두가 행복하고 평화롭기를 바라며 자애를 보냈습니다. 건강하고 안전하기를 바라며 가슴 가득히 일어난 자애를 보냈습니다. 마음이 뭉클해지고 몸에는 가벼운 전율도 일어났습니다. 자애명상으로 따뜻해진 가슴과 딸들에게 고마운 마음으로 집에 가는 길은 춥지도 않았습니다.

마음복지관

홍두호 사무국장은 말없이 진지하게 명상하는 수행자였습니다. 기본 명상 과정이 끝나고 1년쯤 지났을 때, 그가 마음치유를 위한 비영리센터를 설립한다 했습니다. 상담실은 물론 명상실도 만들고 싶다며 명상실 인테리어를 도와 달라 했습니다.

인테리어 일을 하면서 알게 된 그는 독특한 수행자였습니다. 담담히 말해 주는 그의 삶은 매우 감동적이었습니다. 그는 의대를 졸업하고 예방의학과 전문의로 일했습니다. 그러다 의사 생활을 접고 시민단체 활동가로 일하고 있었습니다. 아픈 몸을 치료해 주는 의사, 의사와 의료진들이 아니면 나을 수 없는 병을 낫게 해 주는 훌륭한 의사 일을 그만둔 이유를 물었습니다.

"몸을 치료하는 것도 중요하지만 마음이 힘들거나 아픈 사람들을 치유하는 일을 하고 싶었습니다. 그리고 소외되거나 경제적 어려움으로 치유받지 못하는 사람들에게 도움을 주고 싶었습니다. 그러다 더 많은 사람을 여러 방면으로 치유하는 일을 하고 싶어 뜻 맞는 사람들과 힘을 합쳐 마음치유센터를 설립하게 되었습니다."

늘 따뜻한 미소와 함께 차분하게 말하던 그의 목소리에 힘이 느껴졌습니다.

"마음복지관은 상담, 심리, 미술치료, 요가, 명상 분야의 전문가들이 모여 심리적 어려움을 겪는 이들을 돕는 곳입니다. 자신의 본업이 있음에도 함께해 주시는 분들이야말로 훌륭하다고 저는 생각합니다."

그의 목소리에는 결의마저 느껴졌습니다. 성북구에서 시작해 노원구까지 범위를 넓혀 활동하고 있는 그와, 함께하는 모든 분이 자랑스러웠습니다. 그분들의 건강과 행복을 바라는 자애명상이 저절로되는 날이었습니다.

첫 명상

아빠의 명상이 엄마에게로 그리고 사랑하는 딸과 아들에게로 전해져 '명상가족'으로 살고 있는 이준상 씨의 글입니다.

마음복지관에서의 명상 첫날에 일어난 일입니다. "편하게 눈을 감으시기 바랍니다."라는 선생님의 안내에 따라 눈을 감으니 마음의 문이 열리는 듯했습니다. 명상은 이렇게 되는가 보다 하며 흡족해 하고 있었습니다.

그런데 이게 무슨 소리인가요? 두두두두. 옆 건물 공사장에서 굴착기 소리가 아주 크게 들렸습니다. 일부러 내는 소리가 아님을 아는데도 명상하는 것이 무슨 특권이라도 되는 듯, 시끄러운 소리를 내지 않았으면 좋겠다는 터무니없는 생각이 났습니다. 불편한 마음에 명상을 못 하고 있을 때 고요하나 또렷한 선생님의 말씀이 들렸습니다.

"소리가 들리고 있습니다. 저 소리는 누군가가 가족을 위해 열심히 일하느라 생기는 고귀한 생존의 소리입니다. 먼저 소리를 소리로 알아차려 보시기 바랍니다. 어떤 현상이든 명상의 대상이 됩니다. 굴착기 소리는 매우 크니 알아차리기 쉬울 것입니다. 그러므로 저 소리가 고마울 수 있습니다."

선생님의 안내에 곧 마음이 안정되기 시작했습니다. 이어 선생님은 말했습니다.

"불편함을 느낄 때 불편함에서 벗어나기를, 불편함에서 자유롭기를, 하고 자신에게 연민을 보냅니다. 그리고 내가 편안하기를, 평화롭기를 바라는 자애를 보냅니다. 오늘은 특별한 상황에서 명상할 수 있도록 기회를 주신 공사장 노동자분들께 우리 모두, 안전하고 건강하길 바라는 자애를 보냅시다."

나이가 들수록 다가오는 일들을 통제할 수 없음을 알게 됩니다. 좋은 것 나쁜 것이 아니라 좋게 받아들이거나 나쁘게 받아들이는 것만 내가 할 수 있는 선택임을 깨닫습니다. 10여 년이 지난 지금도 그 첫 명상은 나를 방해하는 상황에서도 발끈하지 않도록 도와주고 있습니다. 그리고 모두의 행복을 바라는 자애명상이 내게 행복을 주고 있습니다.

몸이 사라지다

명상 후 경험을 나누는 시간이었습니다. 좀 어리둥절한 표정으로 강은숙 씨가 말했습니다.

"몸이 사라졌었어요. 처음에는 풍선처럼 커지더니 몸이 사라져 버렸어요."

"지금은 몸이 있다는 것을 알고 계시지요?"

"네. 지금은 있어요. 사실은 몸이 사라지자 겁이 나서 바로 눈을 떠 봤는데 있더라고요."

"몸이 사라지기 전에 알아차림의 대상은 무엇이었나요?"

"모르겠어요. 처음엔 배의 부르고 꺼짐을 알아차리고 있었는데 어느 순간 몸이 사라져 버렸어요."

"그때의 마음 상태는 어떠셨습니까?"

"놀랍고 두려웠습니다."

"두려우셨다니 알아차림을 곧바로 하기는 어려우셨겠네요. 손으로 몸을 만져 보실래요?"

"만져 보니 몸이 확실히 느껴지네요. 두려움이 남아 있었는데 사라져 버리네요."

"다행입니다. 몸이 사라지는 경험을 했어도 몸이 실제로 사라진 것이 아님을 아셨습니다. 몸이 사라진 현상은 몸을 느끼는 인식작용이 몸을 느낄 수 없는 인식작용으로 바뀐 것입니다. 명상하다 몸이 사라지는 경험을 다시 하더라도 두려워할 필요가 없다는 것을 아셨기를 바랍니다. 그러니 몸이 사라지면 사라졌다는 것을 알아차리고, 몸이 사라진 것을 알고 있는 앎을 알아차립니다. 알아차림의 대상이던 몸이 사라졌으니, 알아차림의 대상이 마음이 되는 것입니다. 수행자마다, 상황마다 다를 수 있지만 분명한 것은 몸을 느낄 수 없던 인식이 몸을 느낄 수 있는 인식으로 전환되면 몸을 느끼게 됩니다. 그때 몸의 감각을 알아차리면 되므로 알아차림의 대상이 몸이든 마음이든 알아차리면 됩니다."

전생

질문과 경험 나누기 시간이었습니다. 기본과정을 두 차례 했던 윤희숙 씨가 쑥스러워하며 말했습니다.

"이런 질문을 해도 되는지 모르겠네요."

"편하게 말씀하세요."

"전생을 알고 싶어요. 전생에 무슨 짓을 했기에 이런 과보를 받는지 알고 싶어요."

"전생! 궁금하실 수 있지요. 그런데 전생에 안 좋은 일을 했다고 확신하시는 것 같습니다. 왜 그렇게 생각하시는지요?"

"사는 게 너무 힘들어요. 죽을 지경이에요."

"어려움이 전생에서 비롯된 것이라 생각하시나요?"

"네. 그렇지 않나요?"

"저는 모릅니다."

"전생을 알아야 그 인간에게 무슨 잘못을 해서 이렇게 괴롭힘을 당하는지 알 것 아닙니까?"

"전생에 잘못하셨고 그로 인해 어려움을 겪고 있다고 확신하시는 것 같습니다."

"네, 당연히 그렇게 생각하지요. 다른 생각은 할 수가 없어요."

"잘못 안 하셨을 수도 있지 않을까요?"

"그럴 수도 있나요? 저는 이생에 그 사람에게 잘못한 것이 별로 없는데도 그 인간은 못된 짓만, 그것도 일부러 골라서 하는 것 같습니다. 전생에 원수였던 것 같아요. 그렇지 않고서야 이럴 수는 없지요."

"그렇게 생각하신다면 전생을 이미 알고 계신 것 같습니다만….."

"아, 그런가요?"

상황을 받아들이는 태도에는 여러 가지가 있습니다.

왜 일어났는지 파악하고 이해한 다음 받아들일 것을 받아들입니다.

일어난 일이니 받아들입니다.

어떤 일이라도 일어날 수 있는 세상에 살고 있으니 받아들입니다.

생겨난 것은 결국 사라진다는 것을 알고 받아들입니다.

단번에, 무조건 다 받아들입니다.

용서

자애명상 프로그램에 여러 번 참가했던 박영숙 씨의 글입니다.

이번 자애명상 기간 동안 드디어 남편에게 자애를 보내기로 결심했어요. 잘못한 남편을 용서하고 싶지 않았기에 결정이 쉽지는 않았어요. 용서 못 해 준다고 생각하면 통쾌하기도 했고, 용서한다는 것이 비굴해지는 것 같아 할 수 없었어요.

그러나 명상을 해 보니 용서가 얼마나 중요한지를 알게 되었고, 그보다 중요한 것은 용서하지 않으면 내가 너무 괴롭다는 점이었어요. 그리고 미운 줄만 알았는데 마음 한구석에 남편을 사랑하는 마음이 아직 남아 있어 용서하기로 했어요.

명상 안내에 따라 용서명상을 하고 남편에게 자애를 보냈습니다. 처음에는 조금 되는가 싶더니 아픈 기억이 떠오르자 가슴이 답답해지고 화가 치밀어 올라왔습니다. 소리를 지르거나 자리를 박차고 나가 버리고 싶었는데 참으려니 등에 식은땀이 났습니다. 그때 "자애의 마음이 잘 일어나지 않으면 그 대상을 바꾸셔도 됩니다. 그래도 힘들면 자애명상을 멈추고 몸의 감각을 알아차려 보시기 바랍니다." 라고 선생님이 말씀하셨고, 몸을 알아차리니 마음이 조금 편안해졌습니다. 다시 자애를 보낼 수 있었고 잠시라도 미워하는 마음 없이 자애를 보내니 기뻤습니다. 그런데 또 상처가 떠올라 힘들어지려는 순간 끝나는 종이 울렸습니다.

"사랑하고 가까운 관계에서는 삶이 적나라하게 드러나고 기대하고 의지하게 되기 때문에 힘든 감정이 더 많이 쌓일 수 있습니다. 용서는 쉽지 않습니다. 한 번에 다 용서할 수 있으면 좋겠지만, 되는 만큼씩만 하셔도 됩니다. 용서가 잘 안 되는 자신을 용서하는 것도 잊지 말기 바랍니다."라는 선생님의 설명에 용서가 아직 잘 안 되는 나를 용서하니 마음이 편해졌습니다.

명상하면 꿔 준 돈 받을 수 있나요?

지역 주민회관에서 나이도 삶도 모두 다른 50여 분과 8주 명상을 했습니다. 명상 마무리는 경험을 나누고 질문하는 시간으로 진행했습니다. 어느 날 70대 후반의 한 어르신께서 말씀하셨습니다.

"명상해도 아무 소용이 없네요. 명상하면 돈을 받을 수 있을까 해서 왔는데….'

"어르신! 무슨 일인지 구체적으로 말씀해 주실 수 있으신지요?"

"2년 전에 사업하는 후배가 사업이 망할지도 모른다며 쩔쩔매더라고요. 사업이 나아지면 이자를 많이 쳐서 갚아 준다며 돈을 빌려 달라 사정하기에 1억 원을 집사람 모르게 꿔 줬지요. 다행히 사업이 나아져서 돈을 갚으라 했는데 주지 않습니다. 외제 차 타고 골프 치러 다니는 꼴을 보면 쫓아가서 골프채로 머리통을 내려치고 싶을 때가 한두 번이 아닙니다."

"정말 속상하시겠네요. 차용증은 받으셨나요?"

"아는 사람이라 그냥 꿔 줬지요. 이럴 줄 알았으면 차용증을 받아 놓는 것인데."

"많이 답답하고 억울하시겠네요."

"집사람이 알면 쫓겨날 텐데. 사실 명상하면 돈 받는 방법을 알게 되는 줄 알고 신청했어요. 명상하며 '내가 행복하기를' 할 때는 그나마 할 만했지요. 그런데 이 사람 저 사람 행복하길 바라는 것을 하라더니, 이제는 온통 '알아차리고, 알아차리세요.' 하질 않나. 괜히 신청했다 후회하기도 했어요. 그래도 또 왔으니 잘했지요?"

"네, 어르신! 참 잘 오셨습니다. 부인께 미안하기도 하고 집에서 쫓겨날까 봐 걱정이 많으시겠습니다. 게다가 명상이 도움 안 되니 많이 실망스러우셨지요? 어르신! 빌려준 돈을 받길 원하시는 것은 정당한 욕구입니다. 그런데 그 욕구로 괴롭고 힘든 것이 문제가 되지요. 돈을 갚으라고 요구하시는 것도 정당합니다. 하지만 합법적인 방법을 찾아내 화나지 않는 마음으로 하시길 부탁드립니다."

"그러게 말입니다. 화만 안 나도 살겠는데. 그래도 화 안 내는 방법은 배웠으니 그렇게 해 볼게요."

우리는 어려운 상황을 해결하는 과정에서 걱정, 불안, 화 등에 압도될 수 있습니다. 그때 힘든 감정들에서 벗어나기를, 자유롭기를 바라는 것이 명상입니다. 그리고 힘든 감정을 알아차려 덜 걱정하고, 덜 불안하고, 덜 화나도록 하는 것이 명상입니다.

몸의 병과 마음의 병

암을 극복하자마자 명상으로 삶을 이해하고 싶다고 찾아온 김창동 씨. 몸은 약해 보였지만 눈빛은 맑고 또렷했습니다. 명상을 삶에 적용하며 살고 있는 그가 쓴 글입니다.

병은 예고 없이 오는 경우가 많습니다. 몸은 병이 날 상황이 되면 참고 기다려 주거나 치료하기 쉬운 병으로 바꿔 주지 않습니다. 면역력이 다하면 젊거나, 중요한 일을 하고 있거나 그 어떠한 이유가 있어도 병에 걸리게 됩니다.

암에 걸렸습니다. 가장 받아들이기 어려웠던 것은 사랑하는 아내와 어린아이들을 두고 떠날지도 모른다는 사실이었습니다. 그리고 삶을 이렇게 끝내고 싶지도 않았습니다. 무엇이 젊은 나이에 암에 걸리게 했나? 자신을 돌아보고 또 돌아보았습니다. 수술 이후에 재발하지 않기 위해서라도 답을 꼭 알아내야 했습니다.

세상과 남들이 기대하는 것을 좇고, 남들의 비난을 받지 않기 위해 몸과 마음이 지쳐 가는 줄도 모르고 아등바등 살아온 자신을 보게 되었습니다. 자기 자신을 만나고 자기 자신을 사랑하는 방법을 배워야 한다고 생각되어 찾은 것이 명상이었습니다. 아내도 명상을 하게 되었고 다니던 L그룹의 동료들에게도 명상을 권했습니다. 회사의 허락을 받아 명상실을 만들고 선생님과 함께 명상했습니다. 조금씩 자신을 만나고 자신을 사랑하고 자신과 마주하는 법을 배워 나갔습니다.

명상을 하며 또 다른 결심을 하게 되었습니다. 선망하는 대기업이자 안정된 생활이 보장된 회사를 그만두고 심리학을 공부하고 싶어진 것입니다. 나 자신은 물론 다른 사람에게 상처 주지 않는 삶을 살고 싶었기 때문이었습니다. 그뿐만 아니라 마음이 아픈 사람에게는 치유의 길을 안내하고, 삶에 희망을 줄 수 있는 삶을 살고 싶었습니다.

지금 제가 코칭과 심리 전문가가 되어 살고 있는 것은 '몸의 병'이 '마음의 병'에 걸리지 않는 씨앗이 되어 주었기 때문입니다.

마음치유

인사를 나누며 명상을 하게 된 이유를 중심으로 자신을 소개하는 첫날이었습니다. 명상 프로그램에 세 번째 참여한 조애리 씨가 자신의 차례가 되자 확고한 어조로 말했습니다.

"저는 첫 번째 8주 명상에서는 우울증이 나았고, 두 번째 8주 명상에서는 공황장애가 나았습니다. 명상이 너무 좋아 다시 왔습니다."

모든 참석자가 신기한 듯 조애리 씨를 쳐다보았고 저는 조금 놀랐습니다. 그동안 심리적 어려움을 겪고 있다는 내색을 한 번도 하지 않았기 때문입니다. 그녀는 늘 명상 시작 전에 와서 다른 참가자들의 방석을 깔아 두었던 친절한 사람이었습니다.

"워낙 명상에 관심이 많았고 명상을 하자마자 곧바로 효과를 느끼기 시작해 집에서도 매일 몇 시간씩 했어요. 남편과 아이도 진심으로 이해해 주어 명상하는 데 큰 도움이 되었지요."

명상을 열심히 해 마음의 병을 치유한 그녀가 자랑스러웠습니다. 명상의 심리 치유 효과는 널리 알려져 있습니다. 그래서인지 심리 상담 혹은 정신과 치료를 받다가 의사의 추천으로 명상 프로그램을 신청하는 분들도 가끔 계셨습니다.

물론 명상이 직접적으로 병을 낫게 하지는 않습니다. 하지만 최근 발표된 연구 결과를 보면 명상은 정서적, 심리적 안정 외에도 심장병 발병 위험을 낮추고 긴장성 두통 완화, 면역기능 강화, 치매 예방 등 다양한 신체적 효과가 있다고 합니다.

명상, 해 보실래요?

진심으로 당신을 초대합니다.

축복의 순간들

　건축가 김인성 씨는 8주간 한 번도 빠지지 않고 아주 성실히 명상에 참여했습니다. 그리고 같은 8주 과정을 세 번째 연이어 신청했습니다. 같은 설명을 반복해 들어도 괜찮은지 물었을 때 그는 이렇게 답했습니다.

　"선생님이 명상에 관해 설명할 때 이미 들었던 내용이면 아는 내용이라고 반응하는 마음을 알아차립니다. 명상이 잘될 때는 주위 환경과 상관없이 제 마음 안에서 일어나는 대상들이 잘 알아차려집니다. 이곳에서 명상하면 집에서 하는 것보다 훨씬 잘되기 때문에 계속 오는 것입니다."

　그 말을 듣고 심화 과정을 개설했는데 김인성 씨를 비롯한 여덟 분이 함께해 주었습니다. 대부분 직장인이어서 퇴근 후 저녁 7시에 시작했습니다. 도착하는 대로 자리에 앉아 명상합니다. 1시간 명상하고 10분간 쉬는데, 경험을 나누거나 질문할 것이 없을 때는 9시 30분까지 침묵 속에서 명상할 뿐입니다. 끝낼 시간이 되어 종을 치면 인사를 나누는 대신 알아차림을 유지하며 평온하고 자유로운 마음으로 집으로 돌아갑니다. 몇 년째 함께해 온 분들과의 명상 시간은 축복이었습니다.

참가해 준 모든 분께 깊이 감사드리며, 모두 완전한 깨달음을 이루시길 진정으로 바랍니다.

명상아 놀자

　함께 명상했던 엄마들의 요청으로 초등학생을 대상으로 2박 3일 일정의 '명상아 놀자' 프로그램을 준비했습니다. 곰, 강아지, 토끼 등 동물 모양의 이름표를 집 앞 큰 소나무에 걸어 놓고 환영했습니다. 아이들은 자기소개를 하며 금방 서로 친해졌습니다.

　명상과 관련된 놀이를 하고, 놀이의 의미를 간단히 설명한 뒤 명상을 했습니다. 처음에는 3분 정도 앉아 있었는데 더 하고 싶어 해 5분, 10분으로 늘렸고 나중에는 30분까지도 차분히 앉아 명상했습니다. 누워서, 앉아서, 걸으면서 명상했고 일상생활 속에서는 밥 먹을 때와 세수할 때의 동작을 알아차리도록 했습니다. 자애명상 문구에 멜로디를 붙여 노래를 만들어 매일 마지막 명상 시간에 바이올린 반주에 맞춰 함께 불렀습니다.

　자애명상의 대상은 자신과 존경하는 분, 사랑하는 가족으로 했습니다. 가족에 대한 자애명상을 한 후 부모님께 손 편지를 써서 우체국으로 갔습니다. 길게 줄지어 걷기명상을 하며 골목길을 지나 큰

길로 나갔는데, 아이들이 명상하며 걷는 것을 사람들이 신기한 듯 보았습니다. 건널목에서는 어린이 명상가들이 다 지날 때까지 차들이 멈춰 기다려 줬습니다. 빨간 우체통에 편지를 넣을 때, 모두들 소중히 여기며 넣었는데, 수연이는 편지에 입맞춤하고 넣었습니다.

음식은 친환경 재료로 엄마들이 직접 만들었습니다. 감사한 마음으로 먹을 만큼만 먹으며, 음식의 소중함과 음식을 버리지 않는 것이 지구를 위하는 일임을 배웠습니다. 마지막 날에는 부모님께 '명상이란 무엇인가'에 대한 생각을 문자로 보내는 '핸드폰명상'을 했습니다. 먼저 핸드폰을 앞에 두고 어떤 생각이 일어나는지 알아차려 보았습니다. 손이 핸드폰으로 가려는 욕구가 떠오르면 알아차리고 '욕구'라고 종이에 썼습니다. 어떤 내용을 쓸지 생각할 때는 '생각'이라고 알아차리고 쓰고, 핸드폰을 집어 들 때는 '집어 들음'을 알아차리고 '집어 들음'이라고 썼습니다. 문자를 쓰느라 손가락을 누를 때는 '누름'이라고 알아차렸습니다. 이렇게 문자를 다 쓸 때까지 단계별로 알아차려 보라 했더니 단어를 스무 개 넘게 쓴 어린이들이 대부분이었습니다.

마지막 명상은 부모님과 함께 가족명상을 했습니다. 모든 부모님들께서 참석해 행복한 마음으로 명상했습니다. 명상의 집에서 함께했던 어린이들과 세상의 모든 어린이들이 건강하고 행복하기를 진정으로 바랍니다.

어르신들을 위한 명상

노인복지관에 초대받아 1년간 어르신들께 명상 안내를 했습니다. 어느 날 우울 증세가 있는 독거 어르신들을 위한 명상을 요청받아, 명상친구들에게 부탁하니 모두 기뻐했습니다.

어르신들 발을 닦아 드릴 물수건을 준비하고 짝을 맞추어 어르신들을 명상실로 모셨습니다. 예를 갖추어 맑은 차를 드린 후 방석을 깔아 편히 눕도록 도와드렸습니다. 어르신들의 양말을 벗긴 후 따뜻한 물수건으로 발을 닦아 드린 후 몸사랑명상을 함께 했습니다. 명상을 마친 어르신들이 일어나 앉으시자 명상친구들이 어깨와 등을 주물러 드렸습니다.

"이 풍진 세상에 어릴 때는 한국전쟁을 겪고, 나라가 가난할 때는 배고픔을 견디며 살아오셨습니다. 우리나라가 이렇게 잘살게 된 것은 어르신들 덕분입니다. 그러므로 우리 모두 감사드립니다."라고 말씀드리니 어르신들은 환하게 웃으셨고, 어깨를 으쓱 들어 올리는 할아버님도 계셨습니다. 자랑스러운 자신에게 사랑을 보내시도록 자애명상을 안내해 드렸습니다.

"명상으로 나 자신을 사랑해 보는 것은 처음인데 사랑하기 참 쉽고 좋네요."

행복한 어르신들의 표정이 우리 모두를 행복하게 했습니다.

죽음 앞에서의 명상

스티브는 국내 한 대학의 교수입니다. 영국에 살던 아버지가 하루 전 돌아가셨는데 장례식에 참석할 수 없어 너무 슬프고 괴롭다고 토로했습니다. 우리는 명상실에 마주 앉아 침묵으로 각자의 감정을 견디고 있었습니다. 찻물 끓는 소리가 거슬릴까 미안하기도 했지만, 팔팔 끓는 물소리에 숨을 편히 내쉴 수 있어 고맙기도 했습니다. 차를 마신 스티브가 물었습니다.

"명상하면 마음이 편해질까요?"

"우리 함께 해 볼까요?"

그리고 명상을 안내했습니다. 먼저 몸의 긴장을 풀기 위해 다리를 쭉 뻗은 뒤 툴툴 털었습니다. 두 팔을 들어 깍지 끼고 양쪽으로 몸 기울이기를 한 후 팔을 내려놓고 가볍게 목 돌리기를 했습니다. 스티브의 표정이 조금 편안해지기 시작했습니다. 우리는 '후~' 하고 숨을 크게 내쉬고 깊이 들이쉬었습니다. 숨 내쉬고 들이쉬고, 숨 내쉬고 들이쉬었습니다. 그리고 길게 놓인 방석에 누워 몸의 감각을 알아차리는 명상을 이어 갔습니다.

어느 순간 스티브가 코를 골기 시작했습니다. 간밤에 한숨도 자지 못했기 때문이라 짐작되었습니다. 명상을 마무리하며 가만히 종을 치니 잠에서 깨어났습니다. 그는 잠들었던 것을 쑥스러워했으나 얼굴에는 생기가 돌았습니다. 명상의 효과 중 '편히 잠드는 것'이 있다고 말해 주니 미소 지었습니다. 스티브가 명상을 계속해 보겠다고 해 그러기로 약속했습니다. 명상실을 나서는 그의 뒷모습은 명상실에 들어올 때보다는 평화로워 보였습니다.

스티브와의 8주 명상은 이렇게 진행됐습니다. 4주간은 연민명상으로 슬픈 마음을 위로한 다음 자애명상을 하고, 나머지 4주는 몸알아차림명상과 마음알아차림명상을 했습니다. 명상을 마칠 때마다 '모든 존재는 공(空)하기에 태어남도 죽음도 없다.'는 가르침이 담긴 『반야심경』을 영어로 읽었습니다. 7주째에는 스티브가 한지로 만든 카드에 부모님 이름을 썼습니다. 아버지가 좋아하셨던 초콜릿과 어머니가 좋아하셨던 꽃을 작은 상에 올려놓고, 존경과 감사의 마음을 담아 부모님께 쓴 편지를 읽으며 명상을 마무리했습니다.

마지막 명상을 한 뒤 부모님을 위해 재능 기부를 해 보는 것이 어떠냐고 제안했습니다. 한참을 생각하던 스티브는 아버지가 어려운 사람 돕기를 좋아하셨다며 그렇게 하고 싶다 했습니다. 이후 스티브는 부모님 이름으로 어느 요양병원에 기부했고 행복해했습니다.

다이어트

로버트는 미국 컬럼비아대학교 대학원에서 티베트 불교를 전공했고 몇 년 동안 티베트인들을 위한 일을 했습니다. 출가했던 하늘이와 알게 된 인연으로 그를 한국에 초대했습니다.

로버트는 어릴 때 트라우마로 식욕 조절이 잘 안 되어 폭식을 거듭해 살이 많이 쪘다고 합니다. 어머니는 지역의 명망 있는 의사였지만 로버트에게는 몹시 냉정했답니다. 대학원 졸업 후 수억 원대의 연봉을 받으며 의미 있는 사회적 기업에서 일해도 별로 행복하지 않았답니다. 억만장자를 만나 보아도 그다지 행복하지 않은 것 같았답니다. 그리고 대학원에서 배운 불교학도 실질적 행복으로 이끌어 주지 않아 명상을 하게 됐다고 말했습니다.

로버트가 자신의 먹기명상 과정을 말해 주었습니다.

"식사 시간마다 음식을 앞에 두고 '먹고자 하는 욕구'를 살피고 살폈습니다. 그 욕구들이 사라지고 음식이 몸을 지탱하기 위한 영양소라고만 느껴질 때 먹기로 결심했습니다. 처음에는 먹고 싶은 욕구를 끝까지 알아차리는 것이 너무 어려워 30분이 걸리기도 했습니다. 요즘은 1~2분 정도 소요되고, 먹을 때도 맛을 느끼려는 욕구가 아닌 먹는 과정들만 알아차려집니다. 공양 시간이 되어 음식을 보면 보고 있음을 알아차리고, 맛있겠다는 생각이 일어나면 그 생각을 알아차립니다. 먹고 싶은 욕구가 떠오르면 그 욕구를 알아차립니다. 욕구로 먹는 것이 아닌 마음 상태가 될 때 포크를 잡는데 그때는 포크의 딱딱함을 알아차립니다. 포크로 음식을 집을 때 생기는 손의 감각도 알아차립니다. 음식을 입 쪽으로 옮겨가는 것을 알아차리고 입을 벌리는 것을 알아차립니다. 그리고 씹는 것을 알아차립니다. 삼킬 때 목으로 넘어가는 것을 알아차리는 명상을 합니다. 알아차리면서 먹으면 다이어트에도 도움이 됩니다!"

명상으로 마음의 욕구가 홀쭉해졌고 살도 빠져 조금 날씬해졌다는 그가 진정으로 자랑스럽게 느껴졌습니다.

마샤

미국에 살 때의 일입니다. 수잔의 집에서 정원 일을 맡아 하고 있었는데 "어느 집에서 정원사를 찾는다."고 수잔이 알려 주었습니다.

면접을 보러 간 곳은 고급 주택가에 있는 웅장한 저택이었습니다. 유럽식의 오래되고 묵직한 문이 열리자 고색창연한 탕카✦가 나타났습니다. 집주인인 마샤가 오래전 티베트에서 사 온 것이라 했습니다. 정원사로 결정된 뒤 마샤의 안내로 정원을 둘러보았는데 앞 정원에는 분수의 물줄기가 햇빛에 반짝이며 꽃을 피우고 있었습니다. 높이 솟은 오크나무들이 작은 숲을 이루고 있었고 아래에는 크로커스 꽃이 흐드러지게 피어 있었습니다. 뒤 정원에는 꽃들과 나무들 그리고 수영장이 있었습니다.

어느 날 마샤에게 '명상 정원'을 만들면 어떻겠냐고 물으니 아주 좋은 생각이라고 했습니다. 체리나무 아래 기다란 나무 벤치를 놓았습니다. 맞은편에는 작은 의자 두 개를 놓고, 양옆으로는 자연스럽게

✦ 티베트 불교회화

돌들을 놓았습니다. 둘레에는 릴리오브더밸리와 호스타를 심어 아늑하고 향기로운 명상 정원을 만들었습니다.

직접 명상을 해 보자 제안했더니 꼭 배워 보고 싶었다며 기뻐했습니다. 함께 명상하게 된 후로 마샤는 저를 별장으로 초대했습니다. 마샤의 별장은 커다란 숲속에 있었는데 수십만 평이나 되는 숲은 끝이 보이지 않았습니다. 숲은 오래된 나무들로 이루어져 새들은 물론 사슴과 여우가 뛰놀았고 어느 날은 곰도 왔습니다. "명상하기 전에는 동물들에게 먹을 것을 가져다주는 것으로 만족했는데, 자애명상으로 사랑을 보내니 동물들과 하나가 되는 느낌이 들어서 행복하다."고 마샤가 말했습니다.

긴 세월을 두고 만날 때마다 명상하다 보니 소중한 도반이 되었고 마샤는 자신을 불교 신자라고 사람들에게 소개하기도 했습니다.

자애명상

자애명상은 사무량심(자애, 연민, 함께 기뻐함, 평정)명상의 하나입니다.
자애(慈愛)는 영어로 'Loving Kindness'라 하고 친절한 사랑을
뜻합니다. 자애의 마음은 자식을 사랑하고 보호하는 어머니의
마음과도 같은 것입니다.

자애명상의 대상

한정된 대상과 한정되지 않은 대상으로 나누어집니다.
한정된 대상은 살아 있는 사람으로 자신, 존경하는 사람,
사랑하는 사람, 중립적인 사람, 불편한 사람입니다.
한정되지 않은 대상은 모든 생명과 모든 존재입니다.

자신을 향한 자애명상

자신을 사랑하는 것은 꼭 필요하고 중요합니다.

자신을 사랑하면 자존감이 높아지며 자신의 삶을

소중하게 여기게 되며 행복해집니다.

자신에게 자애를 보내기 위해 자신이 행복을 원하며,

행복할 가치가 있는 사람임을 자각합니다.

잘한 일들과 좋은 점들을 떠올려 보고, 자신의 소중함을 느껴 봅니다.

사랑과 행복을 바라는 자신에게 아래 문구의 뜻을 느끼며

자애를 보냅니다.

내가 행복하고 평화롭기를 바랍니다!

내가 건강하고 안전하기를 바랍니다!

내가 평온하고 자유롭기를 진정으로 바랍니다!

존경하는 사람을 향한 자애명상

존경하는 사람은 삶의 본보기가 되어 주며

기쁨과 감동을 느끼게 해 줍니다.

사랑하는 사람에게는 좋은 감정이

불편한 사람에게는 싫은 감정이 생기는데

존경하는 사람은 안정되고 편안한 마음으로

명상할 수 있는 대상입니다.

그러므로 존경하는 사람을 향한 자애명상은

더 강한 집중력과 삼매를 이루게 해 줍니다.

은사나 부모님, 이타적이거나 올바른 행동을 하는 사람을

존경의 대상으로 선택할 수 있습니다.

그분들에 대해 존경하는 면이나 일들을 떠올려 봅니다.

공경하는 마음으로 존경하는 사람의 행복을 바라며 자애를 보냅니다.

존경하는 사람이여!

행복하고 평화롭기를 바랍니다!

건강하고 안전하기를 바랍니다!

평온하고 자유롭기를 진정으로 바랍니다!

사랑하는 사람을 향한 자애명상

사랑하는 사람은 참 소중합니다.

삶의 의미를 부여해 주며 무조건적인 사랑을 배우고 실천하게 해 주는

고귀한 사람입니다.

행복과 기쁨, 전율 등 긍정적 감정들을 느끼게 해 줍니다.

가족이나 연인, 친구 등 사랑하는 사람을 대상으로 선택합니다.

그 사람의 사랑스럽고 소중한 면을 떠올리며 느껴 봅니다.

그동안 사랑해 온 일들을 떠올리고 느껴 봅니다.

그리고 이 순간도 사랑하고 있음을 느껴 봅니다.

사랑하는 사람이 행복하기를 진정으로 바라며

아낌없는 자애를 보냅니다.

사랑하는 사람이여!

행복하고 평화롭기를 바랍니다!

건강하고 안전하기를 바랍니다!

평온하고 자유롭기를 진정으로 바랍니다!

중립적인 사람을 향한 자애명상

중립적인 사람이란 일상에서 자주 마주치지만
무덤덤한 느낌의 사람입니다.
그 사람에게 자애를 보내면 사랑하는 마음이 넓어지고
삶은 더 풍요로워질 것입니다.
아파트나 회사의 경비원, 자주 가는 식당이나 카페의 직원 등을
대상으로 선택할 수 있습니다. 같은 지하철에 타고 있는 사람들,
동네 주민들 같이 중립적인 대상을 확장할 수 있습니다.

자애를 보낼 중립적인 사람을 선택하고,
먼저 자신에게 자애를 보냅니다.
그리고 존경하는 사람과 사랑하는 사람에게 자애를 보내
자애의 마음을 충분히 느낍니다.
그리고 중립적인 사람의 행복을 바라며 자애를 보냅니다.

그 사람이 행복하고 평화롭기를 바랍니다!
건강하고 안전하기를 바랍니다!
평온하고 자유롭기를 진정으로 바랍니다!

불편한 사람을 향한 자애명상

우리 삶에는 때로 불편한 사람이 나타납니다.
자신에게 말이나 행동으로 불편함을 준 사람에게 자애를 보내면
그 사람이 더 이상 불편한 사람이 아닌 편안한 사람이 될 수도
있습니다. 그 사람을 받아들이게 되고 좋은 관계로 발전할 수도
있습니다.

불편한 사람에게 자애를 보내기 위해 불편했던 일을
가볍게 떠올려 봅니다.
그리고 누구라도 실수나 잘못을 할 수 있음을 생각합니다.
또 실수나 잘못이 그 사람의 전부가 아님을 생각해 보고
그럴 만한 사정이 있었을 것을 이해하며 용서합니다.
누구나 행복하길 바라는 것처럼 그 사람도 행복을 바란다는 사실을
생각합니다.
그 사람이 스스로는 물론, 가족에게 소중한 사람임을 생각합니다.

불편한 사람에게 자애를 보내는 것은 어려울 수 있으므로
자애의 마음을 충분히 일으킨 다음에 보냅니다.
그러기 위해서 먼저 자신에게 자애를 보냅니다.
존경하는 사람과 사랑하는 사람에게 자애를 보내어
충분하고 넉넉한 자애의 마음을 일으킨 다음 그 사람에게 보냅니다.

자애를 보내는 중에 힘든 감정이 떠오르면 명상을 멈춥니다.

힘들어 하는 자신을 위로하고 편안해지기를 바라며

자신에게 자애를 보낸 다음, 불편한 사람에게 자애를 보낼 수 있는

마음으로 회복될 때 다시 자애를 보냅니다.

그 사람이 행복하고 평화롭기를 바랍니다!

건강하고 안전하기를 바랍니다!

평온하고 자유롭기를 진정으로 바랍니다!

가족과 함께하는 자애명상

가족과 함께 명상할 날짜와 시간을 정해 놓습니다.

편안하게 명상할 수 있도록 준비합니다.

조용한 장소와 은은한 조명은 명상에 도움이 됩니다.

피곤하거나 몸이 불편하면 누워도 좋습니다.

자애명상에서는 몸을 편안하게 하는 것이 중요하기 때문입니다.

숨 들이쉬고 내쉽니다.

들이쉬고 내쉬고

숨 들이쉬고 내쉽니다.

살아 있음에 감사함을 느껴 봅니다.

자신의 소중함을 떠올려 보고 느껴 봅니다.

그리고 자신을 사랑하는 마음으로 자애를 보냅니다.

내가 행복하고 평화롭기를 바랍니다!

내가 건강하고 안전하기를 바랍니다!

내가 평온하고 자유롭기를 진정으로 바랍니다!

사랑하는 가족에게 자애를 보내기 위해

수많은 사람 중에 가족이 된 인연에 감사함을 느껴 봅니다.

가족이 된 소중함과 고귀함을 느끼며 사랑의 마음을 일으켜
자애를 보냅니다.

우리 가족이 행복하고 평화롭기를 바랍니다!
건강하고 안전하기를 바랍니다!
평온하고 자유롭기를 진정으로 바랍니다!

시간에 맞춰 종소리로 마무리합니다.
명상이 끝나면 함께 명상 경험을 나누는 것도 좋습니다.
자애의 마음으로 경청하며 칭찬하는 것은 언제나 중요합니다.

✦ 이 책에서 안내한 명상법은 우 빤디따, 우 자나카, 우 떼자니아 사야도의 가르침을 바탕으로 정리하였습니다. 그리고 『Mindfulness in Plain English』(Bhante Gunaratana, Wisdom Publications, 2011)를 참고하였습니다.

4부

나

나, 나의 것이 있어 좋다고 합니다.

즐거운 느낌을 느끼면 내가 느낀다며 좋아합니다.

괴로운 느낌을 느끼면 내가 느낀다고 싫어합니다.

명상은 즐거운 느낌이든 괴로운 느낌이든

'내가 느낀다.'가 아니라 '느낌을 느끼고 있음.'을

알아차리는 것입니다.

명상으로 나, 나의 것이라는 생각이 줄어들거나

사라지면 공허한 것이 아니라

평온하고 자유롭습니다.

기다림

약속 장소에서 기다리고
엘리베이터 앞에서 기다립니다.
음식 주문하고 기다리고
이런저런 일로 기다립니다.

기다릴 때 무엇을 하시나요?

먼저, 기다리고 있다는 것을 알아차립니다.
그리고 서 있으면 서 있음을, 앉아 있으면 앉아 있음을 알아차립니다.
언제 오나? 지루해지면 그 느낌 알아차리고
무슨 일 있나? 걱정되면 그 또한 알아차립니다.

지금, 여기에서 알아차리며 기다립니다.

욕구

욕구.

알아차립니다.

물 한 잔 마시려는 것부터 인류애적 헌신의 삶을 살려는 것,

그리고 스마트폰과 AI를 만드는 것과

전쟁을 일으키는 것도 욕구에서 비롯되기 때문입니다.

욕구.

알아차립니다.

알아차리면 나를 바꾸고

어떤 욕구는 세상을 바꿀 수도 있기 때문입니다.

다시 시작

알아차리고,

또 알아차립니다.

그런데 어느 순간 과거의 생각으로 가 버렸습니다.

알아차림 놓친 것 알면 다시 시작합니다.

알아차리고

계속 알아차립니다.

그러다 어느 순간 미래에 대한 생각으로 가 버렸습니다.

알아차림 놓친 것을 알면 다시 시작합니다.

알아차림 놓쳐도 괜찮습니다.

언제나 다시 시작할 수 있기 때문입니다.

화날 때

치밀어 오르는 화를 알아차리기는 참 어렵습니다.

화나네! 하고 화나는 것을 알기만 해도 조금 가라앉습니다.

그리고 알아차리면 화가 사라지기 시작합니다.

숨 크게 내쉬며 알아차리니

목까지 올라오는 욕이나

주먹 불끈 쥐려던 것이 사라집니다.

숨 깊이 들이쉬며 알아차립니다.

화! 안 내면 폭발할 것 같지만

화가 사라질 것을 아는 것은 아주 중요합니다.

생겨나는 것은 사라지기 때문입니다.

휴~~ 하고 숨 내쉬어 봅니다.

내쉬고 들이쉬고,

내쉬고 들이쉽니다.

내비게이션

자동차 타면 내비게이션 켜고 목적지 설정하듯
명상하려면 가만히 자리 잡고 편안하게 앉습니다.

직진하라면 쭉 가듯 있는 그대로 알아차립니다.
어린이 보호구역이라고 알려 주면 살피며 운전하듯
주의를 기울여 제대로 알아차리고 있는지 살펴봅니다.

깜박하고 길 놓쳤을 때 새로 고침 해 새로운 길 안내해 주듯
딴 생각하느라 놓쳤다는 것 알자마자 다시 알아차립니다.

도착했다 알려 주면 내비게이션에 고맙듯
명상 잘한 뿌듯함도 알아차립니다.

환불

물건을 살 때와 달리 마음에 안 들거나

흠이 없는 줄 알고 샀는데 흠이 있을 때

이미 산 것을 환불하는 것처럼

시험, 면접, 프레젠테이션의 실수나 잘못을

되돌릴 수 있다면 얼마나 좋을까요?

부모 노릇 다시 하거나

인생을 다시 살 수 있다면 얼마나 좋을까요?

정말 잘할 수 있을 것 같은데 말입니다.

후회스러울 때는 자신을 위로하며 연민명상합니다.

후회와 괴로움에서 벗어나기를!

그 느낌에서 자유롭기를!

잘못했다고, 실수했다고 힘들어하는 자신을 어루만져 줍니다.

그리고 함께 기뻐하는 명상을 합니다.

잘했어요! 만만치 않은 인생

이만큼 살아 낸 것만으로도 정말 대단해요!

살아 있는 자신을 기뻐해 줍니다.

온 마음으로 축복해 줍니다.

마음대로

내 마음대로 된다면 얼마나 좋을까요?

가족들도 자기 마음대로 되길 바랍니다.

지구별의 모든 사람도 자기 마음대로 되면 좋겠다니,

이를 어쩌지요?

살다 보면 내 마음대로가 아닌,

네 마음대로가 더 편하고 당연할 때도 있는 것 아시지요?

그런데 내 마음대로 할 수 있는 것이 있어요.

내 마음대로 할수록 행복해져요.

당신께만 알려 드리는, 참 좋은 것입니다.

바로 자애명상입니다.

내가 행복하고 당신이 행복하고

우리 가족이 행복하기를 바랍니다.

지구별의 모든 사람이 행복하고

모든 생명과 존재들이 행복하기를 진정으로 바랍니다!

자애명상은 언제나 할 수 있고 한없이 할 수 있으니 참 좋습니다.

생각이 너무 많이 떠올라요

"명상하니 명상 안 할 때보다 생각이 더 많이 떠올라요!"

사실일까요? 아닐까요?

명상을 안 할 때는 생각을 많이 한다는 것을 잘 알지 못합니다.

명상으로 생각이 많다는 것을 알게 되는 것은

없던 생각이 생겨서가 아니라 안 보이던 생각이 보이기 때문입니다.

그러니 생각 많이 떠올라도 좋아요.

명상하면 잘 보게 되고, 잘 보게 된 생각은 잘 사용할 수 있으니까요.

헤어질 결심

안 해야 된다는 것을 뻔히 알면서도
"이번만, 딱 한 번만."
핑계를 대며 하고 싶은 마음이 올라오니
알아차림으로 결심합니다.

잘못된 욕구와 헤어질 결심을 하고,
욱하는 성질과 헤어질 결심을 합니다.
사실과 진실을 모르면서 오해하고 의심하는 것과
헤어질 결심을 하고,
스마트폰, 술, 담배, 여러 중독을
알아차리고, 또 알아차려 헤어질 결심을 합니다.

셀프서비스

칭찬받으면 즐거워요.

내가 나를 칭찬해 주면 어떨까요?

"잘했어, 참 잘했어!"

공감받으면 든든해져요.

그 공감 스스로 할 수 있어요.

"아, 그랬구나. 당연히 그럴 수 있지!"

위로받으면 고마워요.

가엾게 여기며 보듬어 주는 그 위로, 나에게 할 수 있어요.

"정말 힘들겠네. 힘들어서 어쩌나!"

사랑받으면 행복해요.

그 사랑 내가 나에게 주면 어떨까요?

"사랑해. 진정으로 사랑해."

셀프서비스는 필요할 때마다

언제 어디서나 할 수 있어요.

무상

무상(無常)은 항상(恒常)하지 않다는 뜻임에도
사라진다는 것만 생각할 때가 많습니다.
사라진다고 아는 것은 반만 맞습니다.
왜냐면 생겨나는 것도 있기 때문입니다.

모든 것은 생겨나고, 사라지고, 생겨납니다.
생겨날 때 맞이하고
사라질 때 보냅니다.

말의 힘

생각과 느낌을 표현하는 말.

무슨 생각을 하든, 어떤 느낌을 느끼든 마음대로 할 수 있지만

말을 하면 말에 힘이 생겨납니다.

하여 말할 때 알아차립니다.

우리는 말 한마디에도 영향을 주고받습니다.

깨달음을 전달받기도 하고, 삶이 무너지기도 합니다.

그러므로 말하기 전 알아차립니다.

말에는 때가 있습니다.

알아차림으로 해야 할 때에 말합니다.

말은 하기도, 듣기도 합니다.

말하고 싶은 자신의 욕구를 알아차린 뒤 말하고

말하고 싶은 상대방의 욕구를 알아차리며 듣습니다.

말에는 할 말이 있고 하지 말아야 할 말도 있습니다.

그 필요성 알아차려

할 말은 하고 안 할 말은 안 합니다.

바르게 알아차려 하는 말은

나를 보호하고 남을 보호해 주기 때문입니다.

유통기한

물건 살 때는 유통기한 지난 것 안 사면서

1개월, 3년, 아니 10년 넘게 지나간 생각과 감정은

왜 안 버리지요?

버리려, 아무리 버리려 해도 안 버려지는 것은

생각에는 유통기한이 없어서라고요?

그래요.

그럴 수 있습니다.

그래서

'명상의 집'에서 행복과 자유를 택배로 보내 드립니다.

받는 즉시 지난 것은 폐기 처분하고

새것 쓰시기를 간절히 바라기에 사랑과 존경으로 포장합니다.

지금 바로 보내 드리며 택배비도 무료입니다.

만약 A/S가 필요하시면

숨 크게 내쉬며 아~~~ 해 보세요.

이 만트라는 1+1으로 드리는 것이니

꼭

행복하셔야 합니다.

이생에 단 한 번만이라도

어떻게 해서라도

무슨 수를 써서라도 손해 봐야겠습니다.

그래야 저 사람이

이익을 볼 테니까요.

알아차림

알아차림에는 평화가 깃들어 있고 행복이 깃들어 있습니다.

알아차림에는 자유가 함께하고 깨달음이 함께합니다.

명상하는 엄마

초판 1쇄 발행 2024년 4월 5일
초판 2쇄 발행 2024년 5월 22일

지은이 전현자
펴낸이 오세룡
편집 여수령 정연주 손미숙 박성화 윤예지
기획 곽은영 최윤정
디자인 온마이페이퍼
　　　　고혜정 김효선 최지혜
홍보·마케팅 정성진

펴낸 곳 담앤북스
주소 서울특별시 종로구 새문안로3길 23, 경희궁의 아침 4단지 805호
대표전화 02-765-1250(편집부) 02-765-1251(영업부)
전송 02-764-1251
전자우편 dhamenbooks@naver.com

출판등록 제300-2011-115호

ISBN 979-11-6201-428-8 03810

정가 15,000원